あにだん

アロハ・ヌイ・ロア

CROSS NOVELS

浅見茉莉
NOVEL:Mari Asami

みずかねりょう
ILLUST:Ryou Mizukane

CROSS NOVELS

CONTENTS

CROSS NOVELS

CONTENTS

マーメイド・セレナーデ

A N I D A N

Presented by Mari Asami with Ryou Mizukane

夜の海は凪《な》いで静かだった。

動きを止めて眠る小魚の群れを掻《か》き分けて、ひとしきり全速力で泳ぎ、直径数十メートルの大きな円を描くように旋回した後で、海上に顔を出した。

……ん？　あ、またあの音だ。

ときどき耳にするその音は、仲間の鳴き声にもどこか似ている。初めて聞いたときは、求愛の声かと思ったものだ。今は楽器の音色だと承知しているが、第一印象のせいか、誘われているような気がしてしまう。

実際、音に引かれるように、海岸へと泳ぎ進んだ。優れた聴覚が、いっそう音色を鮮明に捉える。

なんだっけ……そう、チェロだよ。

子どものころに、動画を見たことがある。弦楽器を背後から抱きしめるような演奏ポジションが、印象的だった。

『弾いてみたいかい？』

そう訊かれたのも憶《おぼ》えているけれど、当時の自分はおそらくチェロと大差ない体格だったし、なにしろ楽器をホールドするための脚がなかったから、端から無理だと思ってかぶりを振った。

どんな人が弾いてるんだろう……。

音源は、ビーチに面した建物のようだ。明かりが点《とも》った二階の窓に、ぼんやりと影が見えるような気がする。

ときに力強く激しい旋律を奏でながらも、基本的には繊細で伸びやかな演奏が、想像を掻き立てた。

女の人かな……?

波に揺られながら窓を見上げていると、ふと音がやんだ。今夜の演奏はもう終わりだろうかと、少し残念に思いながら海に潜ろうとしたとき、窓辺に人影が立った。

あっ……。

すらりとしたシルエットだったが、女性のものではない。手にしたチェロと比べても、男性の平均身長くらいありそうだった。頭が小さく、手足はほっそりと長い。

この距離で、しかも逆光になっていては、顔の造作などわかるはずもなかったが、エルノは食い入るようにその姿を見つめ続けた。

リビングのテーブルに置いたノートパソコンが、メールの着信音を響かせた。

カウンターでコーヒーをドリップしていた小山内律《おさないりつ》は、その手を止めてディスプレイを覗《のぞ》き込んだ。

「……よし、終了」

メールは仕事先からの受領通知だった。

六年前、二十二歳のときから、律は主に各国のポップス歌手の楽曲の作曲とアレンジをしている。最初に手掛けたのはアメリカの無名の新人歌手の曲のアレンジで、時間をかけてじわじわと人気を得て、最終的にビルボードの二十位にまで上りつめた。

その後、ニューヨークの若手人気ポップシンガー、エミリア・ジョーンズのオファーを受けて作った楽曲が世界的にヒットし、律の名前も広く知れ渡った。

デジタルだけでなく生の楽器を多用した作風が受けて、世界各国の有名無名を問わずアーティストから依頼が舞い込み、可能な限りの仕事を受ける数年が続いた。飛び抜けたヒット曲もいくつか生まれ、世界規模となると印税も半端ないと実感したのもそのころだ。

ひと財産を築いて拠点を日本からここ――ハワイのラナイ島に移した半年前からは、吟味《ぎんみ》した仕事を受けてのんびりと暮らしている。ビバリーヒルズに家を持ちたいなどと思わなければ、今のスタイルで充分やっていけるし、貯金もできる。

律はカウンターに引き返してコーヒーを淹《い》れ、ひと口味わって改めて大きく伸びをした。

「さて、どうしようかなー」

ハワイといっても観光島のオアフ島やマウイ島と違い、ラナイ島はまだまだ未開発だ。そこがよくて別荘を買ったのだが、時間をつぶすには苦労する。

唯一の繁華街であるラナイシティからも離れた海岸沿いに住んでいるので、遊ぶといったらマリンレジャーくらいしかない。しかし律は特別海が好きなわけでもないのだ。それなのに、なぜプライベートビーチまで付いた別荘を買ってしまったのだろう。

家から眺める景色は最高で、それは充分堪能でき、精神的にもいい影響を受けていると思う。ただ、リラックスよりも活力が漲《みなぎ》るほうに比重が傾いて、むしろバリバリと仕事に精を出してしまう。

もともと律の性格がてきぱきとせっかちで、早回し気味の生活が身についてしまっていることもあるのだろう。なにしろ五歳から始めたチェロで早熟な才能を現し、プロのオーケストラに所属したのは音大入学と同時だった。十代のうちから国内外のコンテストで賞を取ったのも、一度や二度ではない。

そんなふうに早々に頂点を極めてしまったので、その分プライベートを置いてきぼりにしてきた感はある。二十八歳の男として、公私のバランスが悪いのも自覚している。遅ればせながらプライベートを充実させようという気持ちもあって、ここに居を構えることにしたのだ。

個人的な生活を充実させようと考えるとき、友人関係や恋愛関係に目を向けるのが多いのかもしれないが、自分があまりその方面に向いていないのはわかっていたので、あえて人の多い場所を避けたのがこの結果だ。煩わしくなくて、ひとりの時間が持てていい——というのは嘘で、本当は気が置けない相手を求めている。

しかし人間関係のむずかしさが身に染みていて、チャレンジするよりもひとりのほうが楽なのではないかと思ってしまうのだ。

まあ、完全移住したわけではなく、東京にもマンションを残してあるので、気持ちが変わったら戻ればいい。今はここで静かに自分と向き合うのも悪くないだろう。

——そう考えたのに、気づけば仕事ばかりして半年を暮らしてしまい、なんのための環境なのかという話になっている。だから締め切りのあった最後の曲作りを終えた今、しばらくは遊んで過ごすつもりだった。

なにをするって、特にやりたいこともないんだけど……。

思った以上に自分がワーカホリックだったと気づきながら、律はテラスへ下りて、片隅にあるトランクルームのドアを開けた。未使用のガーデニング用品の間から、シュノーケルとゴーグル、フィンを取り出す。

この場でやるっていったら、まずはこれだよな。

ラナイ島にやってきて早々にダイビングショップに出向き、購入したものだ。スキューバダイビングは一人前になるまで時間がかかるし、当時はレッスンの時間も調整できなかったので、シユノーケリングだけ教わった。

この辺りの海辺なら流れも穏やかだし、そもそも律がシュノーケリングで動ける範囲など知れている。単独でも問題はないだろう。

ビーチに下りて装備を身に着け、波打ち際に進んだ。それなりに期待に胸が膨《ふく》らむ。

わあ……っ……。

しばらく浮いたまま進むと、いつの間にかゴーグルの視界に海中の景色が広がっていた。よく晴れた日で、律がいる水深三メートルほどの海の中まで陽光が差し込んでいる。目の前を赤とオレンジの小魚が群れを成して横切る光景に、律は感嘆の声を上げた。

岩場の陰から大きな魚がぬっと姿を現し、律を一瞥《いちべつ》して悠々《ゆうゆう》と遠ざかっていく。海底の砂がぶわっと舞い上がったかと思うと、平べったい魚体が波打つように動きながら、再び砂の中へ潜っていった。

……楽しいかも。

息継ぎのために海上へ顔を出した律は、すぐに水の中に身を沈めた。日常とは明らかに別の世界が、泰然《たいぜん》と存在していた。そこに行かなければ、決して知ることはなかった世界だ。無数の海の生き物が共存し、作り上げている世界。

本来なら律が存在する場所ではないけれど、たまにはおじゃまさせてほしい。

何度となく波間に顔を出して息をついては、潜って異界を楽しむ。水中で呼吸できないのが、返す返すも残念だ。この気持ちから、スキューバダイビングへとチェンジしていくのだろうか。

しかしそれなりにコツを憶えていくもので、律は次第に長く、そして深く、海の中を巡り始めた。

うわ、なんだあれ⁉　超きれい！

背びれと腹びれがすうっと伸びた、手の中に包めるほどの大きさの魚だった。ぼうっとネオンのように青く、角度が変わると銀色に輝く。

事前にこの辺りの海に生息する魚を調べておくのだったと悔やむ。帰ったら真っ先にチェックすることにしよう。

引かれるように後を追う律に気づいているのかいないのか、青い魚は右へ左へと方向を変えて進んでいく。一度海藻がそよぐ陰で姿を見失い、ため息を洩《も》らしそうになったところにひょっこりと現れて、律を揶揄《からか》うように泳ぎ出した。

あ、また……。

大小の岩が折り重なった場所で、再び青い魚が視界から消えた。きっと岩陰に隠れたのだろうと、律は視線を離さずに一度浮上して呼吸をしてから、岩を目がけて潜水した。

両手を広げても抱えられないほどの岩の周囲を、回りながら探す。さまざまな小魚が身を潜めていて、覗き込んできた人間に驚いたかのように、ぱっと飛び出していく。しかしあの魚は見つからない。

もう逃げた？　いや、ちゃんと見てたはず……。

身を捻《ひね》るようにして、突き出た岩の下を覗き込んだとき、青い魚が素早く泳ぎ出てきた。

「あっ、いた！」

つい実際に声を出してしまい、吐き出された空気がシュノーケルの先から、大量の泡となって噴き出した。

しまった！

追いかけるには空気が足りない。しかし今呼吸しに行ったら、確実に見失う。そんな葛藤《かっとう》が動きに出たのか、律はフィンの片足を岩の隙間《すきま》に挟んでしまった。

「ええっ⁉」

またしても叫んでしまい、残り少ない空気が吐き出された。もう上がるしかないと足を抜こうとしたが、がっちりと岩の間にうまい具合にはまってしまって、無理に引こうとすると足首に痛みが生じる。

しかし痛いとか言っている場合ではない。多少擦《す》り傷を作ろうと、最悪捻挫《ねんざ》しようと、抜け出さないことには息が続かない。

息が続かないってことは、死ぬってこと⁉　マジで⁉　魚を見てただけなのに！　岩に挟まれたまま、骨になるのか？　いや、きっとその前に魚に突かれて――。

魚にびっしりと張りつかれて、己の死肉を啄《ついば》まれる光景が浮かび、律はパニックに陥った。

巻きで人生を突っ走ってきた自覚はあるけれど、それは仕事に関してだけだ。これから私生活を充実させるつもりでいたのだ。こんな自分でも、人生で一度くらいは大恋愛がしてみたかったという望みはある。

焦《あせ》りと恐怖と息苦しさに、シュノーケルもゴーグルもむしり取り、全身をばたつかせた。しかし無情にも片足は、しっかりと岩に食いつかれている。

……もう、だめ……かも……。

頭の中でうるさいほど鳴り響いていたガンガンという音も、意識とともに遠くなってきて、潮の流れに両手が揺れる――と、素肌になにかが密着するのを感じた。

うえっ⁉　まさかもう食われる？　まだ生きてるんですけど⁉

しかもその感触は魚の鱗《うろこ》とは違うようで、しかも律を包み込むほどに大きい。

まさかサメとか――。

一気に意識が蘇《よみがえ》ったけれど、苦しさももれなくついてくる。加えて、得体が知れないなにかが密着しているという恐怖。

なにこれ⁉　昆布《こんぶ》⁉

顔を長く柔らかい帯状のもので撫でられ、反射的に仰《の》け反《ぞ》った瞬間、顎《あご》を強く摑《つか》まれた。

えっ……？

そして柔らかいもので口を塞《ふさ》がれる。そこから恋焦がれた空気が入ってきた。なにがどうしたのかわからないけれど、とにかくそれを夢中で吸う。次第にものが考えられるようになって、顎を摑んでいるのは人間の手で、相手の口から空気をもらっているのだと理解した。

てことは、助けられたってことか……？

律は夢中で相手にしがみつく。抱き返してきた感触からして、命の恩人は若い男のようだった。またしても顔の周りをふわふわした海藻のようなもので撫でられ、ついに目を開くと、それは昆布ではなく、生き物のように広がった髪だった。男は超がつくロン毛らしい。ゴーグルもなくした目では定かではないけれど、金髪のような淡い色だ。

その髪の隙間から、やはり淡い色の双眸《そうぼう》が見えて、律と視線が合うとわずかに細められた。次の瞬間、しっかりと抱きかかえられ、驚くほどの速さで泳ぎ出した。

うっそ、すごっ……。

まだ頭も身体も本来の二十パーセントほどしか働いていないが、律を抱えていて足しか使えていないだろうに、男の蹴りは力強かった。

救助の的確で素早い動作からして、ライフセイバーかもしれない。運よくパトロール中に律を発見したとか。それなら泳ぎが達者なのも当然だが、参考までにどんなフィンを使っているのだろうと、律は下方に目を向けた。

ん……？　んんっ⁉

大きなヒレがしなるように動いているのはたしかに見えたけれど、問題はその形状だ。一対のフィンではなく、魚の尾びれのようなのだ。いや、海獣の尾に近い。イルカとか、アシカとか。

百歩譲って、そういうフィンのほうが高性能なのだというならそれでいい。しかしその尾びれは、男の足と一体化している――いや、足ではない。足がない。男の下半身は魚だ。しかし鱗はないようで、つるりとしている。

死にかけて視力がどうかしてしまったのだろうかと、律は何度も目を瞬いた。しかし状況は変わらない。

つまり今、律を抱いて泳いでいるのは人魚ということになる。

……人魚って。そんなばかな……。

もしかして自分はまだ岩に挟まれたままで、死の間際の幻覚を見ているのだろうか。リアル人魚と遭遇していると考えるよりも、そちらのほうが可能性は高い。

と、結論づけようとしたとき、一瞬にして世界が変わった。海上に出たのだ。一気に太陽に照らされるのを感じる。思いきり息を吸い込もうとして激しくむせ、頭がくらくらして男にもたれかかった。まずはお礼を言わなくてはと思うのだが、指先も動かせない。

生きていたという安堵《あんど》が押し寄せて、強い睡魔のような虚脱感に包まれる。

命の恩人が人魚って。すごくない？　童話の王子さまみたいじゃん。

引っかかるところがあるとすれば人魚が男だったことだが、まあ、岩に挟まれた律の救出は力仕事だったと思うので適任だ。

あ……すごいきれい。プラチナブロンドだ。

律がもたれかかっている肩から背中へかけて、緩いウェーブの長髪が陽光に照らされてキラキラと輝いている。

驚き騒ぐ体力もないというのが実際のところだけれど、男が人魚なのは紛れもない事実なので、そこにこだわっても意味がない。むしろ願っても叶わない貴重な出会いに、律は己の運の強さを喜ぶことにした。もちろん、無事に生還できたことにも。

人魚に助けられるなんて、リアルでは俺くらいなんじゃね？

その後、人魚に抱かれて運ばれながら、律はいつの間にか意識をなくしていたらしい。気づくと浜辺に横たえられていて、顔をそっと撫でられていた。日差しを遮《さえぎ》るように、傍《かたわ》らに佇《たたず》む気配を感じる。

「……ん……」

小さく呻《うめ》いて瞼《まぶた》を震わせると、顔に触れていた感触が引いて、瞼の裏に強い陽光を感じた。無理やり目を開くと、ほんの一瞬男の顔が見えた。

うわっ、超イケメン！

しかしその姿はあっという間に視界から消え、波打ち際に激しい水音が響く。

「……え？　待っ……」

溺《おぼ》れかけたダメージからまだ回復しきっていない身体は思うように動かず、ようやく身を起こした律が目を向けると、波の間で暗色の尾びれが翻《ひるがえ》った。

「……………」

太陽がさんさんと降り注ぐ南の島、そのプライベートビーチ——人によってはこの光景もまた夢のようだというのかもしれないが、律にはすでに日常の世界だ。そこに戻ってきてしまった。あわや命を落としかけたというのに、なんだかひどく惜しいことをしたような気がする。

律がいる場所から波打ち際までに、なにかを引きずったような跡が残っていて、人魚が辿《たど》った跡に違いなかった。

いや、今さら夢を見たとか、彼の存在を疑うとかはない。ふつうなら人魚が実在したことを信じるほうがどうかしているのかもしれないけれど、それは当たり前の人生しか過ごしてこなかったからだ。

幸か不幸か律は子どものころから特別というか、自分自身が常人からかけ離れた存在で、ミラクルな人生を送っている。そんな自分だからこそ、人魚との遭遇もあり得るだろう。

平穏そのものの海を眺めながら、律はどうにか立ち上がった。目を細めても背伸びをしても、もう人魚の姿は影も形もない。

せめてお礼ぐらい言わせてくれてもよかったのに。

逃げるように去ってしまうなんて。いや、実際逃げたのだろうかと、律は思い直した。

この世に人魚が存在するなんて知れてしまったら、大騒ぎになるのは目に見えている。場合によったら、わけのわからない団体や政府や軍まで巻き込んでの大捜索が始まるかもしれない。保護だとか研究だとかの大義名分のもとに、捕獲監禁されてしまったら――。

律は思わず身震いした。自分を助けてくれた人魚が、そんな目に遭っていいはずがない。

そういう危機を感じて身を潜めているからこそ、今まで知られることなく生息してきたのだ、きっと。そんな人魚が、律の命を救うためにここまでしてくれたのだとしたら――。

……嬉しい。それもこれも、俺が特別な人間だからだな。

こういうところが、一般人には鼻持ちならないと思われるのかもしれないが、実際に律はデキる奴なのだからしかたがない。童話だって、人魚は王子さまを助けているではないか。あれが船員のひとりだったりしたら、どうなっていたか。

そういや、人魚姫は王子に恋するんだよな……。

今回はその可能性は低そうだが、できればまた会いたいと、律は海を振り返って片手を上げた。


念のためにラナイシティのクリニックまで出向いて診察してもらったが、幸いにして溺れた後遺症もなく、岩に挟まれた足にもわずかに擦り傷ができていただけだった。

その帰りにシュノーケリング機材一式を買い直し、翌日から毎日海に潜っている。もちろんあんな目に遭うのは願い下げなので、己の技量でなんとかできる浅瀬を徘徊《はいかい》していた。

しかし、人魚の姿を見かけることはなかった。

試しにビーチの波打ち際に寝転がってみたりもしたのだが、小さなカニに背中へ登られただけだった。

運動に縁がない身体は連日のダイビングに疲れを覚えて、今日は釣竿を手に近くの岩場へ向かった。

「……全然釣れないし」

仕事ばかりの人生だったので、当然のことながら釣りもしたことがない。何用ともわからない釣竿に、冷凍庫から取り出した切り身をつけて投げているのだから、釣れないのも当たり前か。

まあ、釣れたとしても、生の魚をどうしたらいいのかわからないので、それはいい。問題は人魚だ。

だいたい地上から探して見つかるものなのだろうか。魚のように海中で生活しているはずだ。

でも空気、くれたよな？　口移しで……。

非常時とはいえ初対面の相手とキスしてしまったと、今さらながら律は狼狽《うろた》えた。

いや、意味はないし！　ていうか、向こうも全然そういうつもりじゃなかっただろうし！

そもそもキスなんて行為を理解しているのかどうか。なにしろ相手は人魚だと考えていた律の耳に、沖のほうから尾を引く鳴き声が届いた。つられるようにして目を凝らすと、遠くで波間から尾っぽが跳ね上がるのが見えた。

「えっ⁉　あ……」

まさかと思ったが、すぐに白と黒の頭部が覗き、ハズレだと知る。ハズレなのかアタリなのかわからないけれど、あれはきっとシャチだ。それにしても大きい。この距離でそうと見分けられるなら、実物はたぶん四、五メートルあるのではないか。

通常シャチは冷たい海を好むと聞いているが、この辺りにも生息するのか。クジラなどを捕食することもあるそうだが、あの図体ならさもありなん。

また鳴き声が響いて、律は声の主がシャチだと知った。イルカやクジラなどは、仲間との連絡手段として声を発するそうだが、シャチの鳴き声はこんな感じなのか。

どことなく弦楽器の音色に似ている。律がチェロを聴かせたら、鳴き声を返してくれるだろうか。いや、シャチの鳴き声を録音して、音源として利用するという手も――と、思考が仕事に傾きそうになり、律はかぶりを振った。

ていうか、シャチがいるのかよ！　危ないじゃん！　人魚より先にシャチに見つかってたら、俺、確実にアウトだったんじゃないか。

ふと少し先の波間に浮き上がってくるものがあり、律は目を瞬く。布切れかなにかの浮遊物かと思ったそれは丸く広がって、続いてにゅっと伸びた手に掻き分けられた。俳優やモデルでもちょっと見かけない美貌が現れる。律が布切れと見間違ってしまったプラチナブロンドの頭を振るしぐさも、絵のようにさまになっている。間違いない。あのときの人魚だ。

「ああっ！　きみは――」

人魚、と言いかけて、律は続きを呑《の》み込んだ。律が正体を知っていると知ったら、きっと逃げてしまう。

あれからいろいろ考えた結果、彼は自分が人魚だと知られたくなくて、律が目を覚ます前に去ったに違いない。空想の生き物だと考えられている人魚が実在すると知れ渡ったら、仲間からハブられたりといったような、沈黙の掟があるのかもしれない。

幸いなことに、人魚は律を見つめてじっとしている。ようやく再会が叶ったのだ。少しでも長く、この時間を保ちたい。できれば言葉を交わしたい。

「ええっと、あの……実はこの前溺れかけたのを助けられて、その人を探してるんだけど、きみに似てるような気が……もしかして兄弟とかいたりしない、かな……？」

我ながら妙な説明だと思っていると、

「うん、無事でよかった。もうだいじょうぶそうだね」

あっさりと英語が返ってきた。人魚は喋《しゃべ》れるらしい。しかも当人だと認めている。

あ、そうか。今は頭しか見えないから。

とにかく意思疎通できる上に相手が友好的なので、律はこれ幸いと釣竿を放り投げて、岩場に身を乗り出した。人魚との距離は、ざっと二十メートル。

「やっぱりきみだったのか！　ずっと探してたんだ。ありがとう！　俺は律。ぜひお礼をさせてほしい」

「リツ……いいよ、そんなの」

軽く手を振る所作はまるきり人間で、人魚だというのが律の勘違いだったのではないかと思えるほどだ。

「そうはいかない！　命の恩人なんだから！」

それも本心だけれど、こうして再会できたのだ、なんとしてももっと親しくなりたい。知り合ってどうしたいのかまでは考えつかなかったが、とにかくこれで終わりは嫌だった。

「俺の気が済まないから！」

「……チェロが聴きたい」

「えっ……チェロって、どうして……？」

律はぽかんとして人魚を見つめた。なぜ律がチェロを弾くことを知っているのだろうとか、人魚は人間界のことに詳しいんだなとか。

あ、いつも窓を開け放して弾いてるから、海まで聞こえてたのかな？　いや、そんなことはともかく――。

「もっ、もちろんOKだよ！　向こうの家見える？　あれが俺の家なんだ。俺もすぐ帰るから、ビーチに回って上がってきてくれれば――」

――無理だろ！　陸には上がれないじゃん、人魚なんだから！

「――じゃなくて！　チェロ持ってくるから、ここで待ってて！」

律は何度も躓《つまず》きながら岩場を抜けて、別荘までの道を走った。

会えた。人魚にまた会えた。俺のチェロが聴きたいって……。

一応プロ奏者だった律の愛器なので、それなりに、いや、かなり値の張る楽器だが、潮風にさらしてはまずいとか、岩場なんて安定しなくて疵《きず》をつけたらどうするとか、そんなことが頭をよぎったのも一瞬にして吹き飛んだ。聴きたいと言ってくれる相手の前で弾かないなんてできない。それが彼なら、なおのこと。

息せき切って岩場に戻った律は、チェロの入ったハードケースを背負ったまま辺りを見回した。

「あれ？　どこ？　えっと――」

名前を訊《き》いておくのだった。まさか人魚と呼びかけるわけにもいかない。

青い海はひたすら遠くまで続き、眼下の岩に白い波しぶきが打ちつけている。

体《てい》よく追い払われてしまったのだろうかと思い、律は自分でも不思議なくらいに気落ちしているのを感じた。

笑いかけてくれたのに、あれは社交辞令だったのか、それとも無事だったのを喜んだだけだったのか。それだけのつもりが、律があまりにも積極的に迫ったから、人間って怖いと引かれてしまったのか。

でも……仲よくなりたかったんだよ……。

再会の喜びが大きかっただけに、すっぽかされたダメージも半端なく、帰宅した律はチェロを手入れしてすぐにソファに寝転がった。そのまま日が暮れるまでうとうとしていたが、気持ちが沈んでいても腹は減るもので、ピーナッツバターを塗っただけのサンドイッチを作った。まったくなにもやる気が起きない。

皿を手にリビングに戻ったところで、テラスに面したガラス窓が叩かれる音がした。風で飛ばされてきたなにかが当たっているのだろうかと顔を上げ、目を剝《む》く。

「ぎゃっ！」

そこには人影があった。いや、影ではなく、室内の明かりを受けて全身しっかり見えている。人魚だ。いや、人魚ではない、足がある。しかし顔はあの人魚だ。ウェーブがかかったプラチナブロンドのロン毛もそうだし、上半身も記憶と同じ。今はタンクトップとハーフパンツを身に着けているが。

驚愕《きょうがく》する律を尻目に、相手は人懐こい笑みを見せた。ということは、やはり同一人物なのか。でも、足……。

ガラスを挟んで対峙《たいじ》した状態で立ち尽くしていた律の脳裏に、童話のストーリーが浮かび上がった。詳細はうろ覚えなのだが、王子のもとへ行くために、人魚姫は声と交換に足を手に入れたのではなかったか。

……ええっ⁉　ま、まさかこいつも⁉

「どうしたんだよ⁉　なにを早まって――」

気づけば律は駆け寄って、しがみつくように窓ガラスに両手をついていた。

だってそうだろう。人間になってしまったら、二度と人魚には戻れない。仲間にも会えず、海にも帰れず、最後は――。

「リツ」

律の手のひらに合わせるように、元人魚は両手を窓ガラス越しに押し当てて、律の名を呼んだ。

「……えっ⁉　あ……しゃ、喋れるのか。よかった……」

胃が痛む思いだった身体から、どっと力が抜けた。なにがどうなっているのかはさっぱりだけれど、とにかく意思疎通《そつう》は可能らしい。

「開けて」

「あっ、うん、ごめん――」

引き戸を開けると、元人魚はひょいと室内に入ってきた。やはり足だ。人間とまったく同じ。

そう思いながらマジマジと見下ろしていると、いきなり思いきりハグされた。元人魚は律よりも十五センチほど背が高く、手足も長いので、ホールドされると逃げられない。

「ぎゃああっ！　なにっ⁉　どうしたの⁉」

「リツのおかげだ！」

「おかげ⁉　どういうこと——ああっ、日本語！　「日本語喋れるのか⁉」

律は英語で話しかけたし、返答も当然のように同じで、日本語を日本語を話すそぶりなどなかった。島民は、自慢げに連呼してくるから、元人魚は日本語にまったく不案内だと思っていたのだ。そもそもこの風貌で日本語を喋るなんて、考えもつかなかった。次から次へと驚かされて、律は手をばたつかせるのも忘れ、元人魚を見上げた。

　うわ、きれいな目……何色だ？　グレー、かな？　キラキラして銀色に見える。

　なにからなにまで人間離れした美貌で、無表情でじっとしていたら、近づきがたいだろう。しかし律に対して無邪気なほどの笑みを見せる。

　抱擁《ほうよう》を解かれてもしばらくぼうっとしていた自分に気づいて、律は狼狽えて視線を外した。

「……ひ、昼間いなくなったから、あれきりかと思ってた」

「リツに会いたくて来たんだ」

　思わず振り返ってしまう。きれいな顔でそんなセリフをさらっと口にしないでほしい。律はゲイではないが、どきどきしてしまうではないか。

「……く、口が巧《うま》いな……」

「たいていの言語は喋れるよ」

「や、そういう意味じゃなくて——えっ、マジで？　羨《うらや》ましい……」

人魚だからなのかと言いそうになって、律は口を噤《つぐ》む。今はどこからどう見ても人間だけれど、本当は人魚だと律が知っていると言ってはいけない気がしたのだ。

古今東西、童話やおとぎ話の中で、正体を見破って破局を迎える話は少なくない。異種婚姻譚《いしゅこんいんたん》などと称されるものは、ほぼ同じ結末だ。

わかってる、そうだよな。俺は過ちを犯さない。

溺れる律を救ってくれたときには人魚の姿を見せずに去ってしまったし、足がある状態で自分からやってきてくれたのを考えても、彼も正体を知られたくないのは間違いないだろう。やはりこのまま知らないふりで通したほうがいい。

そう決めると、人魚が会いに来てくれた喜びが込み上げてきた。すっぽかされたなんて思ってしまって申しわけない。

「どうぞ、座って。あっ、こんなものが……」

ソファに案内し、テーブルの上のピーナツバターサンドに慌《あわ》てる。

「いや、ちょっと小腹が空いて、いつもこんな食事なわけじゃ——」

「ピーナツバター、旨《うま》いよね」

「えっ？」

海の中にピーナツバターサンドがあるのか？　いや、そんなばかな。あ、もしかしたら……。

「……よかったら食べる？」

「いいの？　いただきます」

人魚はサンドイッチを手に取って食べ始めた。味に驚いている様子もないから、やはり見知った食べ物なのだろう。

人魚がいきなり足を生やしてやってきたから、なにごとかと驚愕したけれど、もしかしたらこれがリアル人魚のスタンダードなのかもしれない。つまり、どちらの姿にもなれる、という。

人魚が拳《こぶし》で胸を叩くのを見て、律は我に返ってキッチンへ向かった。

「飲み物持ってくるね。アイスティーでいい？」

グラスを手にリビングに戻りながら、律の心は浮き立っていた。彼が水陸両用なら、一緒にいろんなことができる。もちろん、友情が築けてという前提だけれど。

アイスティーも問題なくごくごく飲む人魚の隣に腰を下ろして、律もサンドイッチをつまんだ。

「改めて俺は小山内律、二十八歳。日本人だよ。日本語話してるから今さらだけど。半年前からここに住んでて、作曲の仕事をしてる」

そう自己紹介すると、人魚は頷《うなず》いて口を開いた。

「エルノだ。リツはチェリストじゃないのか？　遠くから何度も聴いたことがあるけど、素晴らしかった」

人魚――エルノは名前しか教えてくれなかったけれど、人間なら二十歳そこそこくらいに見える。もしかしたら実年齢が見かけとかけ離れているのかもしれないし、海の中に住居表示があるわけもないし、と律は納得した。

それよりも率直な褒《ほ》め言葉が嬉しくて、律は胸を弾ませると同時に意外に思った。天才少年としてデビューした律にとって、演奏技術を褒められるのは当たり前で、称賛に心が動くことなど久しくなかった。雑誌やネットのレビューなどを見ても鼻で笑っていたのに、エルノの単純なひと言に、なぜこんなにも舞い上がってしまうのだろう。

「ありがとう。そうだ、チェロを聴かせる約束だったな」

律はハードケースからチェロを取り出して弓を張り、リビングの定位置でチェロを構えると、調弦しつつソファに座っているエルノに訊《たず》ねた。

「リクエストはある？」

それに対して、エルノはハミングで応えた。柔らかで安定した音程の調べが流れる。

「『白鳥《はくちょう》』ね、ＯＫ——」

サン＝サーンス、バッハ、コダーイと続けて弾き、気合が入ったせいか軽い疲労感を覚えてポジションを解くと、まるで固まったかのように微動だにせずこちらを向いていたエルノが、ゆらりと立ち上がった。焦れったいほどゆっくりした歩調で、律に近づいてくる。それに合わせるように、鼓動が大きく速くなっていく。

「エルノ……？」

椅子に座った律の肩を、エルノが包むように抱きしめると、鼓動はマックスに跳ね上がった。

「すごい。こんな近くで聴けたなんて……最高だ」

「そう言ってもらえると、俺も嬉しいよ」

エルノの腕を軽く叩いて、律は唯一の聴客の賛辞を受け取った。

「ヴァイオリンのほうが断然メジャーなのに、変わってるね」

「チェロの音が好きなんだ」

「じゃあ、ちょっと弾いてみる？」

椅子に座らせてチェロを持たせると、エルノは自分の脚の間にあるチェロをまじまじと見ていた。弦を押さえさせて、弓を握らせ、そっと動かす。律が操っているので、初心者にしてはまずまずのCメジャーが響いた。

「リツが弾く音のほうがいい」

そりゃそうだ。いくらなんでも同じ音にはならないって。

そう思ったけれど口には出さない。まずはエルノとの親交を深めたいのだ。

ソファに戻ってコーヒーを出すと、エルノはブラックで口にしてから、眉を寄せ、首を傾《かし》げる。

「あ、苦かった？　砂糖とミルクもあるよ」

「ほんとにリツはチェリストじゃないのか？　今まで聴いた中でいちばん素晴らしかったんだけど」

むずかしい表情の原因はそれかと知り、律は苦笑しながら首を振った。

「違うよ。厳密には元プロかな？」

学生時代に入団したオーケストラは、二十四のときに辞めてしまっていた。作曲家として名が知られていくにつれ、団員からの風当たりがきつくなってきたのだ。いわく、ポップスなんてとか、真面目にやる気があるのかとか、いい気になるなとか。

律としてはどちらも疎《おろそ》かにしているつもりはなかったのだが、人生をクラシック音楽と己が奏でる楽器に捧げると公言してはばからないような輩《やから》には、それ以外のことを並行して仕事にするなんてひた向きさが足りないらしい。

できることをやってなにが悪いと思うし、専念している割には律の足元にも及ばないじゃないか、しょせんは才能の有無だよ、と意地の悪いことを思ったりもした。しかし面と向かってやり合う気にもなれず、律がいることで輪が乱れるという意見を呑んで、あっさり退団した。

——そんな経緯を、なぜかエルノに打ち明けてしまった。今後親しくなったら、いずれ知られてしまうかもしれないし、それが理由でエルノに引かれてしまうなら、まだ関わりが浅い今のうちがいい。

そのほうがショックも少なくて済む、って、俺ずいぶんエルノにこだわってない？

エルノの言動に過剰反応しているところといい、自分でも不思議だ。

「べつにオケにいなくても生活には困らないし、向こうが一緒にやりたくないっていうなら、俺もそれでいいと思ってる」

とにかく、それが律で、そういう過去を経てきたのも事実だと、半ば開き直って顔を上げると、エルノがじっと見つめていた。

「自分からも歩み寄ってみれば？　仲間はいないよりいたほうがいいし、同じ目標を持つ同士なら楽しいんじゃないか？　単純に、もっといい音楽を作れるかもしれない」

ああ、きっとエルノは、そういういい仲間に囲まれて暮らしてるんだな……。

この件に関して、たぶん自分たちはわかり合えないだろう。もともとのスタンスが違うのだ。

少し気落ちしたが、エルノの言葉自体に押しつけがましいところはなかったし、素直な感想という程度だったから、これでエルノを遠ざけようという気持ちもなかった。

そろそろ帰るというエルノに、律は名残惜《なごりお》しい気持ちを抑えて、テラスに続くガラス戸を開けた。しつこくして嫌がられたくない。

「……あの――」

また遊びに来て、って言ってもおかしくないよな？　いいよな？

律が迷っている間に、エルノは振り返って口を開いた。

「また来てもいい？」

律は思わず笑顔になる。

「もちろん！　もう友だちだろ？」

手を差し出すと、エルノはわずかに首を傾げてから、握り返してきた。

「じゃ、おやすみ――」

テラスの階段を下りていく後ろ姿が、あっという間に暗がりに消えても、律はしばらく闇を見つめていた。

……会えた。それだけじゃない、話をして、チェロを弾いて……。

人魚と知り合えたというよりも、エルノと親しくなれたことが嬉しい。思わず口にした「友だち」という言葉を思い出し、律は口元を緩める。

単純な言葉だけれど、幼いころからチェロばかり弾いてきた律にとって、エルノは初めての友だちと呼べる存在かもしれない。

美しくて、人魚という特異な生き物で、しかし素直というかシンプルな言動のエルノは、裏表のある猥雑《わいざつ》な思考で近づいてくる人々と違い、律を安心させてくれた。彼の言葉に嘘はないと、なぜか無条件に信じられた。

あ、そういえば――。

ネイティブ張りに日本語を操っていたエルノだが、最初の「リツのおかげだ！」というのはどういう意味だったのだろう。おかげというなら命を救ってもらった律のほうで、あの時点で律はエルノになにもしていなかった。

……ま、いいか。

機会があったら訊けばいいと、律はガラス戸を閉めた。

次の一週間の間、エルノは四回も律の別荘を訪れた。そのたびに律は張り切ってチェロを演奏し、ピーナツバターサンド以外も作れると示すために、パスタやシチューを振る舞った。

エルノは子どものように素直に喜んでくれて、それを見て律も心を弾ませた。

一方、エルノの訪れがなかった日といったら、晴天にもかかわらず室内がどんよりして思えるくらいに気落ちした。いっそ自分から会いに行こうかと何度も思ったが、どこへ行けば確実なのかわからないし、家を空けている間にすれ違いになったらと思うと、行動できなかった。

こういうのを依存っていうんだな、きっと……。

しかし友だちと過ごすこと自体が初めての経験の律には、その頻度も深さもわからない。律的には、いっそのことエルノに別荘で寝泊まりしてほしいくらいなのだけれど、さすがにそれは度を越している気がするので自重していた。

でもそのうち……一回くらい誘ってもいいよな？　そういうのあるんだろ、お泊まり会とかいうやつ。

小学生のころ、クラスメイトが教室でそんな話題ではしゃいでいたのを憶えている。そのときの律は鼻で笑っていたけれど、今となってはぜひとも開催したい。

そんなことを考えながら、庭のプールで仰向けに浮かんでいると、プールサイドに人影が立った。プラチナブロンドが風にそよいで、キラキラと光る。

「エルノ！」

慌てて身を起こした律に、エルノは片手を上げて笑いかけた。ざっくりとした網の袋に、ホタテ貝や手長エビが詰まっている。

「すぐそこに海があるのに」

「たしかに。でも、最初からあったんだよ。あるもんは使わなきゃもったいないだろ」

プールサイドに上がって、エルノの土産を受け取る。

「ありがと。すごい大きい」

「俺が捕まえたんだ」

「えっ⁉」

これは……セーフなのかな？　うん、日本にだって海女《あま》さんがいるくらいだからな。潮干狩《しおひが》りだってあるし、人間にだって採れないことはない。

「あ、じゃあバーベキューしようか。肉もあるよ」

プールサイドで魚介や肉を焼きながら、舌鼓《したつづみ》を打つ。エルノは食欲旺盛で、一ポンドのステーキをぺろりと平らげた。

「すごいね……」

「牛肉好きなんだ」

「へ、へえ……」

人魚が肉食とは知らなかった。

「リツももっと食べろよ。ほら、焼けてる」

「いや、俺はもう満腹で――エビ、すごく旨かったよ。あー、俺も自分で捕まえられるくらい、泳ぎ巧くなりたいな。せめて溺れないように」

「じゃあ、一緒に行く？」

思わず律が顔を上げると、エルノは残りの肉を頬張《ほおば》っていた。

「マジで？　コーチしてくれるの？　実はあれ以来、やっぱりちょっと怖くて、ひとりじゃ深いところまで行けないんだ」

「海は危険なこともあるけど楽しいよ。俺がついてたら、危ない目に遭わせない」

おお、頼もしい！　ていうか、惚れてまうやろ、ってやつ？

律はシュノーケリングの支度をして、エルノと一緒に海に入った。当然のことながらというかなんというか、エルノは素潜り状態だ。しかし律よりもはるかに速く泳ぐのも、また当然だった。

岩の陰、海藻が揺れる根元を指さすエルノに、つられて目を向けると、日本で言うところのイセエビが長い触角を揺らしていた。今は食欲が満たされているので、眺めるだけにする。

エルノに誘導されて、水深十メートル近い海の中を、潜っては浮上するのを繰り返した。肩に軽く添えられただけのエルノの手が律を安心させ、またビューポイントを的確に示してくれて、無数の小魚の群れの中に飛び込んだり、美しく大きなイソギンチャクを眺めたりと、律ひとりではできない体験をした。

惜しむらくはエルノが人魚の姿でないことだが、それは無理な話だろう。エルノとのつきあいを続けたいなら、彼の正体を知らないふりでいるしかない。

人魚の姿を見られないくらい、エルノと会えなくなることと比べたら全然だよ。

エルノといると、律は素直になれている気がして、そんな自分が嫌いではない。しかしなにより、エルノと一緒にいることが楽しくて、嬉しい。この繋《つな》がりをなくしてしまうなんて、もう考えられない。

これまでの人生で、誰かに対してそんなふうに思ったのは初めてだ。律の人づきあいはもっぱら仕事がらみだけだったが、むしろそれらは鬱陶《うっとう》しく感じることがほとんどだったのに。

ふいに目の前を青い魚が横切って、律はシュノーケルから盛大に泡を吐き出す。

あの魚だ！

考えてみればこいつを追いかけたせいで岩に足を挟まれて、溺れかけたのだ。だからエルノに助けられ、彼と親しくなれたともいえるけれど。

魚はエルノに近づき、それに気づいたエルノが手を伸ばした。その指先を、魚が啄むように夕ッチする。

えっ、なになに⁉　知り合い？

目を瞠《みは》る律の肩を軽く叩いて離れたエルノは、魚と追いかけっこをするように水中を泳ぎ回った。その光景は映画のように美しく、律はいつまでも見続けていたいと思った。

しかしシュノーケルの空気が尽きて、悲しいかなただの人間の律は息継ぎのために海上に顔を出した。すぐにエルノが追いかけてくる。

「上がってきちゃったの？　遊んでてもいいのに」

「ピートのこと憶えてる？」

「ピート？　誰？」

「さっきの青い魚――ほら、すぐそこにいる」

エルノの視線を辿ると、透明度が高い水の中、律たちの足元辺りを件《くだん》の魚が泳ぎ回っていた。

「憶えてるもなにも……こいつを追いかけてて岩に挟まったんだよ。同じ個体かどうかは知らないけど。ピートっていう魚なの？」

律が尋ねると、エルノは笑みを浮かべた。

「魚の名前は知らないけど、俺は彼をピートって呼んでる。リツが危ないって知らせてくれたのも彼だよ」

「えっ……」

律は戸惑いながら、エルノの顔と海中の青い魚を見比べた。

魚が知らせに来たって……それ、自分が人間じゃないって言ってるようなもんじゃないのか？

エルノ、失言に気づいてないのかな？

どう反応したらいいものかどうか迷って律が返事をできずにいると。エルノは言葉を続けた。

「よかったよ、ピートが近くにいて。実は、ピートと一緒にリツのチェロを聴いたこともあるんだ。まあ、溺れてたのがリツだとは、ピートも知らなかっただろうけど」

……全然気がついてないよ……。

まあ、もともと素直というか、シンプルな思考のエルノなので、今の言動で自分の正体がバレると想像できないのかもしれない。

それなら律がひとりで気を揉《も》むのも野暮というものだ。なにより律は、エルノのそんな素直で純朴なところに癒《いや》され、惹かれているのだから。エルノと一緒にいるときは、自分もあれこれ気を回さず、素直になればいい。そのほうがきっともっと楽しい。

「……そうなんだ。じゃあ、ピートも俺の恩人ってわけだな。恩魚？　まあ、なんでもいいや」

律は覗き込んだ海面を指で掻き回す。小さな渦ができて、ピートはそれに戯《たわむ》れるようにくるくると回った。

「それに、きみがエルノを呼んでくれたから、俺たちは知り合うことができたんだよ。助けを呼んでくれたのもだけど、なによりそれをすごく感謝してる。ありがとう」

ピートは返事をするように律の指先を口でつんつんと突くと、尾びれをひらめかせて海中深くに潜っていった。

「ピート、俺の言ったことわかったかな？　友だちのきみからも改めて伝えといて」

ピートを見送りながらそう言って顔を上げると、じっとこちらを見つめるエルノと目が合う。

あれ？　なんかおかしかった？　自分はうかつなことばかり言ってたくせに、俺がノリを合わせて話したら、変だって気づいたのか？

「……なにじっと見てんだよ？」

そうだとしたらどうやってごまかそうと、内心大いに焦りつつもとぼけてゴーグルを上げた律を、エルノが抱きしめた。

えっ？　ええっ⁉　なになに⁉

なにか危険でもあるのだろうかと一瞬思ったが、ハグはソフトで、それでいてしっかりと密着して、鼓動が伝わってしまうかもしれない。

律は狼狽えながらも、自分もエルノの身体に両手を回した。抱き合うなんておかしいかと思いながらも、そうせずにはいられなかった。素直になると決めたのだ。

ふいにエルノは抱き合ったまま泳ぎ出し、シュノーケルもゴーグルも外していた律は必死にしがみついて目と口を閉じた。ものすごい速さでビーチに辿り着き、律はエルノに抱えられるようにして砂浜まで行く。

「……もう、……なにを急に――」

「ハグしたかったから」

……またそうやってストレートに。

この美貌で抱きつかれたら、そんなつもりがなくても誤解してしまうだろう。これまでのつきあいで、エルノが見た目に反して無邪気というか幼いというか、いちいち素直な奴だとわかったので、たぶんこれも深い意味はない。それでも律が勝手にどぎまぎしているだけだ。

まったく罪な人魚だ。きっと今までもこうやって、何人もの人間を惑わせてきたんだろうな。

「リツもハグしてくれて、嬉しかった」

「そ、それは――」

どう言いわけしようかと焦る律の耳に、弦楽器の旋律のような音が聞こえた。はっとして海原に目をやる。

「うわ、シャチだ。近くにいたんだな。危なかった……」

遠くで波しぶきが上がり、頭や尾のシルエットが見え隠れした。複数のようだ。

「エルノも気をつけてよ。泳ぎが得意なのは知ってるけどさ」

「よほどのことがなければ、人間を襲ったりしない。非効率的だから」

「えっ、そうなの？　でもクジラだって捕食するんだろ？」

海に目を向けたエルノは、髪を掻き上げて笑った。

「クジラなら食べ甲斐《がい》があるからね」

「大きさの問題か⁉」

しかし同じ労力を要するなら、見返りが多いほうがいいというのは納得だ。それでいくと、人魚もまた襲われることはないのだろうと、ほっとする。

「シャチの鳴き声って、弦楽器に似てると思わない？」

前々から思っていたことを口にすると、エルノは律を振り返った。

「今のは求愛の歌だよ」

「へ？」

そういえば海獣は、鳴き声で仲間とコミュニケーションをとる種もいるのだった。それが繁殖相手との間で交わされるときだってあるだろうけれど、求愛の歌とはエルノもしゃれたことを言う。朴念仁《ぼくねんじん》なだけではなかったのか。

「リツが弾くチェロも、そんなふうに聞こえた」

「えっ、なに言ってんだよ。じゃあ、なに？　俺はシャチにラブソングを聴かせてたってこと？」

演奏中にシャチなんて考えていたこともない。エルノに聴かせるようになってからは、気合が入っていたのは確かだけれど。

「そう思ってるシャチもいるかもな。どうする？」

エルノが揶揄うように顔を近づけてきたので、律はますます焦った。いや、どちらかというと高揚している。

エルノにチェロを聴かせながら、気に入ってほしいと願っていた。それはチェロの音色だけだっただろうか。チェロを弾く律自身のことも、もっと好きになってほしいと望んでいたのではないかと、今になって気づく。

なぜなら、律もまた――。

「……おっ、俺は！　好きなら好きってちゃんと言うし！」

思わず口にして、なにを言っているのだろうと思う。それでどうする。まさかエルノに告白するのか？

狼狽えて視線を泳がせていた律だったが、エルノがじっと見つめているのに気づいて、観念して目を合わせた。

「……あの――」

「そうか。好きだよ、リツ」

え……？　それはどういう――。

面と向かって言われ、驚きのあまり問《と》い質《ただ》すこともできずにいる律の肩を、エルノの手が引き寄せた。律を見下ろすエルノの顔は影になっているのに、シルバーグレーの双眸が自ら光を発しているかのようにきらめいている。

それがどんどん近づいてきて、目を閉じた律の唇にエルノのものが重なった。唇を合わせるのは初めてではない。初っ端に顔も確認する前に経験済みだ。しかしあれは溺れかけていた律に空気を分けてくれたのであって、今は陸上で、ふつうに自分で呼吸している。

じゃあ、やっぱりこれはキス？

固まる律の口中に、舌が押し入ってきた。無意識に退こうとして、砂に足を取られそうになった律を、腰に回ったエルノの腕がしっかりと引き戻した。その分キスが深くなって、舌が絡み合う。

「……ん、ふ……」

いつしか律の両手はエルノの肩に回っていた。もっと貪《むさぼ》りたくて、爪先《つまさき》立ちになっていたかもしれない。

日差しに焼かれる腕や背中が熱いと感じるほど、初めてのキスは長く続いた。

エルノはどういうつもりだったのだろう。

帰宅してシャワーを浴びた律は、バスローブに包まったまま、窓辺のハンモックチェアでぼんやりと揺られていた。

唇が離れると、呆然としつつもどう対処すべきか混乱する律を尻目に、エルノは「じゃあ、また」と立ち去ってしまった。

感情のままに行動するエルノだから、ハグしたときと同じように、キスしたかったからした、ということなのだろうか。

でもあのキスは……。

ちょっと気が向いたからするようなキスではなかった。がっつりラブとリビドーにまみれたものだった。少なくとも律は、大いに心と身体を揺さぶられた。

恋愛経験は皆無に等しい律だが、いい歳をした男なので童貞ではない。同時にある程度の衝動は抑えるすべも身につけている。

それなのに、エルノとのキスで思いきり発情してしまった。

「うわあっ……」

思い出してひとり身を捩《よじ》って喚《わめ》き、ハンモックチェアがぐるぐると回転した。

そんな状態だったので、エルノがどんな顔をして帰っていったかも記憶にない。

……でも、好きだって言ってくれた……。

こういうときに限って日本語は不便だ。エルノの「好き」はどう分類されるのだろう。その後、キスに展開したことからして、ラブと判断していいと思うのだが、その度合もまた疑問だ。

エルノは素直だからな。臆面《おくめん》なくなんでも口にするし。でも、冗談は言わないタイプだから……じゃあ、やっぱり本気で……？

思わず頰を両手で包んでしまう。なんと言ったらいいのだろう、この高揚感。ときめきとか、胸の高鳴りとか、まるで少年の初恋だ。

恋……やっぱり恋、なのか……？

好きだと言われてキスをされて、そのどちらも律はまったく嫌ではなかった。タイミングが合わなくて言葉を返しそびれたけれど、律もまたエルノに対して同じ気持ちでいる、と思う。

これまで関わってきたのは仕事関係の相手ばかりだったので、初歩的な人づきあいや、それに付随する感情に疎いのは認める。

その上、恋愛経験不足ときているので、果たしてこれが本当に恋なのかどうか確信が持てないけれど、エルノのアプローチを否定する気にはなれなかったし、やめてほしいとも思わない。

だって……これからもエルノに会いたいし……。

まさか自分がこの島で同性と、しかも人魚と恋に落ちるなんて予想もしていなかったので、それに対する戸惑いはある。しかしそれ以上に、エルノと一緒にいたいという気持ちのほうが強い。

なんでもありの現代、恋愛相手が多少変わっていても、大事なのは互いの気持ちだろう。常識なんて気にすることはない。おとぎ話の昔から、人魚姫と王子は恋をする運命なのだ。

そこで律ははたとハンモックチェアを止めた。

自分たちは人魚姫と王子ではなく、人魚と人間の男同士なわけだが、エルノ的にそれはアリなのだろうか。人間界に同性愛は神話の昔から存在するけれど、動物というのは基本的に子孫を残すためにペアになるわけで、人魚の場合はそのケースに当てはまらないのだろうか。

意思疎通できるし、人間と同じ見た目になれるので、動物と一緒にしてしまうのはどうかと思うが、種を存続させようとする本能は、野生であるほど強いはずだ。

一応、人魚も野生……だよな？

まさかとは思うが、律を女と勘違いしているなんてことは――いやいや、人魚の上半身は人間と変わらないのだから、女の人魚は人間と同じように乳房があるはずだ。エルノ以外の人魚を見たわけではないので、確かなことは言えないけれど。

それに、「俺」って言ってたし。日本語がわかるんだから、男が使う一人称だってことも知ってるよな？

人間の生活も見慣れている様子だから、きっとそういう間違いはない。人間の行動を知っているから、同性カップルもあるのだと承知なのだ、きっと。

ん……？　そうだとして、エルノはどっちなんだ？

律とエルノが並んだら、大多数が律を女役とジャッジするだろう。身長は十五センチ近く低いし、華奢《きやしや》だし、顔つきも男らしいほうではない。まあ、顔だけを見ればエルノのほうがきれいといえるが、それはあくまで男の美貌なのだ。

てことは、俺が抱かれるのか……。

さすがにその経験はないので、正直ちょっと怖い。だいたい本当に入るのだろうか。というか、足が生えたエルノの下半身はどうなっているのか。完全にイッツヒューマンなのか。

そんなことを考えていると、人魚のときはどうしているんだろうと疑問が湧《わ》いた。サメのように二本付いていたり、イルカのようにふだんは収納されているモノが出てきたりするのか。

……ばかなこと考えてんな、俺……そもそもそこまで行き着くかどうかもわからないじゃないか。

なにより律がエルノとしたいのは、セックスよりも恋なのだ。同性だとか人魚だとかいうのも彼のオプションに過ぎず、とにかくエルノ自身が好きで、一緒に恋をしたい。

「ああ、俺のばかっ！　なんでちゃんと好きって言わなかったんだよ！」

律は仰け反って喚き、再びハンモックチェアを回転させた。

次に会ったら真っ先に気持ちを伝えようと、気構えたっぷりで待っていた律だったが、翌日から天候が悪く、嵐で丸二日外に出られなかった。

エルノの訪れもなく、律は雨風が叩きつける窓ガラスを睨《にら》んだ。

人魚なんて四六時中濡れてるんだから、このくらいの嵐平気だろ。

いや、実際海は大荒れで、プライベートビーチの端近くまで荒波が押し寄せていた。海中だって大変な状態だろう。

会いたさゆえの暴言だと律は反省して、無事に再会できることを祈りながら天候の回復を待った。

三日目に嘘のように太陽が顔を出し、閉じこもっていた律は散歩がてら徒歩でスーパーマーケットまで買い物に出かけた。食料品や日用品は定期的に配達してもらっているが、新鮮なフルーツを食べたい気分だった。エルノが来るかもしれないから、肉ばかりでなくビタミンも取らせたい。

マンゴーとパパイヤが入った紙袋を抱えた帰り道、以前釣りをした岩場の横を通った。なにげなく目を向けると、遠くに動くものが見えた。

あっ、エルノ？

淡い色の丸い頭が、一直線に進んでいく。その速いことといったら、とても人間が泳ぐ速度ではない。誰かが目にしたら、浮遊物か海の生き物のパーツだと思うだろうが、律は逆にそれで確信を深めた。

急いで岩場を下り、岩の縁に荷物を置くと、

「エルノ！」

と叫んで両手を振ってから、海に飛び込んだ。エルノのコーチのおかげで、最近はずいぶんと泳ぎも上達した自覚がある。

もう、ひとりで泳いでる暇があったら、うちに来てくれればいいのに——って、あれ？

エルノがいる方向へ進もうとするのだが、微妙にポイントがずれていく。力が足りないのかと

必死に腕を動かすが効果はなく、むしろずれは大きくなっていった。

嵐が去っても、まだ潮の流れが強いのだと気づいたときには、波のうねりまで大きくなっていて、律は顔を何度も沈めながら、呼吸しようと焦った。

ふいに腕を摑まれ、厚い胸板に引き寄せられる。律はその肩に顎を乗せて、喘《あえ》ぐように息をついた。こんなときなのに笑みが浮かぶ。

「また助けられちゃった」

「実力を過信しすぎだ」

そんな言葉が返ってきた後、頭を包まれ、耳元で囁《ささや》きが聞こえた。

「心配させないでくれ」

いけないと思いながらも嬉しくて、律はエルノの首に抱きついた。

「エルノがいたら、危険な目には遭わないんだろ？ ……俺も、エルノが好きだよ」

抱き返す腕の力が強くなるのを感じ、律はそっと顔を上げた。掠《かす》めるようなキスの後、エルノは笑顔になった。

「送ってくよ」

岩場に着いて海から上がった律は、Tシャツを脱いで絞りながら、海に浮かぶエルノを見下ろす。

「どうしたの？ おいでよ。フルーツ買ってきたから一緒に食べない？ うちでシャワー浴びて——あ、深い意味はなくて、チェロでも聴くかなって」

自分のセリフに狼狽えながら、律ははたと気づく。そういえばエルノは今、人魚だったような気がする。すぐに足は生えないのだろうか。この前のときも、エルノがやってきたのは夜になってからだった。

ええー、でもこれからまたそんなに待つなら、いっそこのまま海に浸かってたいんだけど？ああでも、それじゃフルーツも食べられないし、エルノはいつまでも人魚のままだし……。

「すぐに行くから、先に帰ってて」

悩む律に、エルノの声が聞こえた。

「……ほんとに？」

苦笑と頷きが返ってくる。

「わかった。待ってるからね！」

律はそう言って岩場を駆け上り、自宅まで走った。エルノがそう言うからにはそうなのだろうと、彼の言葉を信じる。というか、エルノは嘘をつかないと、もう知っている。

律は別荘に戻ってシャワーで海水を流すと、Tシャツとハーフパンツに着替えた。髪を乾かすか、それともフルーツを切るか迷っていると、エルノがテラスに姿を見せた。髪は濡れているが、タンクトップとデニムは乾いている。

「早かったね。どうぞ。うわ、髪びしょびしょじゃないか。服が濡れるよ。バスルームは向こう。タオルがあるから使って」

「うん、借りる」

エルノを見送って、律はキッチンカウンターでフルーツを切り始めた。熟《う》れ具合もちょうどよく、ことにマンゴーの芳香がたまらない。冷えていないのが玉《たま》に瑕《きず》だが、そこはクラッシュアイスを器《うつわ》に敷き詰めて、その上にフルーツを盛って補った。

エルノ、遅いな……。

コーヒーもドリップしてカップに注いだが、まだエルノは姿を見せない。シャワーを浴びているのだろうか。

俺が言ったからか？　エルノ素直だからな。

加えてシャワーとセックスに因果関係を持ち合わせていなさそうだ。それはかまわないとして、バスルームの扱いに慣れていなくて、戸惑っているのではないかと気になった。人間社会の生活についての知識はあるようだけれど、人魚には基本的に不要な行為だと思う、おそらく。

律がバスルームへ近づくと、やはり水音が聞こえた。パウダールーム経由でバスルームがある間取りで、どちらのドアも開け放たれている。

問題は水音がシャワーではなく、ジェットバスが発する音だということだ。つまりエルノは湯船に浸かっているらしい。鼻歌らしきものも聞こえる。

どこまで水に入るのが好きなんだよ、と思いながらそっと覗いた律は、瞬時に身を引いて、パウダールームの壁に思いきり背中を張りつかせた。

……に、人魚がいる……！

今さらの話ではあるが、なぜ他人の家の風呂場で正体を晒《さら》すのか。しかも訪問時には足を生やしていたくせに。

「リツ？」

物音が聞こえたのか、エルノが訊いてきた。

マズい！

「みっ、見てない！　なにも知らない！」

エルノが人魚だと、律が知っているとわかってはまずい。沈黙の掟があるのかなんなのか知らないけれど、これまでエルノが律に人魚の姿を見せなかったのがその証拠だ。なにより正体バレは、破局へストーリーを導く。

そんなの嫌だ。俺はエルノと恋がしたい。ていうか、離れたくない！

「ちょうどよかった。こっち来て」

律の気も知らずに、エルノはのんきな声で呼びかけてくる。律を呼んでどうするつもりだ、人魚なのに。いや、呼ぶということはもう足が生えているのだろうか。それはそれでどういう意図なのだろう。

俺が好きって言ったから？　シャワーを浴びて、エッチになだれ込むって知ってる？

別の意味で焦りながらも、エルノが望むなら律だって拒む理由はないと、期待と戸惑い交じりにバスルームの入り口に立つ。

「わっ……！」

律は慌てて顔を両手で覆った。

まだ人魚じゃないか～～っ！　なんなんだよ、いったい！

「リツ、目開けて」

「いや、それは……」

「好きな人には、ちゃんとほんとの俺も見てほしいから」

……えっ？

律は躊躇《ためら》いながらも両手を下ろした。エルノはバスタブの中で微笑んでいる。余裕で三、四人は入れるサイズだが、尾びれがはみ出ていた。エルノはそれに視線を向けて口を開く。

「俺みたいなのを進化種っていうんだって。小さいころから本来の姿と人間の姿になれるはずなんだけど、俺はずっと足ができなかったんだ。でもあの日――」

シルバーグレーにきらめく瞳が律を振り返った。

「リツが初めてチェロを聴きに来いって誘ってくれた日、会いたくて会いたくて必死になったら、人の姿になれたんだ。リツのおかげだよ」

呆然とする律の脳裏に、『リツのおかげだ！』という声が響く。あれはそういう意味だったのか。

「俺を変えてくれたリツは特別な存在だよ。友だちになりたい、いやもっと親しくなりたいって思ってた。でも、ほんとの望みはそれでもなかったって、あのとき気づいた。リツがこの前、おかげで知り合えたってピートにお礼を言ったとき、たかが小魚と思わないで、ちゃんと俺の友だちとして接してくれただろ？　人間だからとかそうじゃないからとかで区別しないのがすごくいいって思った。そんなリツが俺と会えたことを喜んでくれてるんだって、嬉しくて舞い上がりそうだった。こんなに嬉しいのは、リツを好きになってたからなんだと思って、ハグしたら心臓がすごいビートを刻んで、キスしたら全身が爆発しそうになって――」

青い魚のピートと再会したときの、ハグから猛ダッシュスイミングに続いてビーチでキスの流れの間、エルノはそんなふうに感じていたのか。

律としては、すでにエルノが人間ではないと知っていたから、ピートが親しい友だちなのもすんなり受け入れられて、なにより恩人だからお礼を言うのが当然だった。しかしたとえ意思疎通できなかったとしても、感謝したのは変わりないと思う。

律がエルノに恋をしたように、エルノも律を好きになってくれていた――。

「会うたびにどんどん好きになる。どうしようって思うけど、気持ちは止められないし、それが嬉しくもある」

明るいバスルームで初めてちゃんと目にした人魚は、この世のものとは思えないほど美しかった。上半身は人間そのものだが、腰骨の辺りから肌の色と質感に変化が生じている。脚ではなく、魚の下半身。いや、鱗がなく暗色の皮膚は、イルカに似ている。尾びれの向きも魚とは違っていた。

しかし上半身から下半身への変化はとても自然で、律には脚のある人間のほうが間違った作りなのではないかと思えるくらい、完璧な造形に思えた。

「……きれい……」

知らずに洩れた呟《つぶや》きに、エルノは嬉しそうに尾びれを揺らした。

「俺がこんなでも嫌じゃない？　よかった」

「嫌なわけないだろ！　大好きだよ！」

律はバスルームに飛び込んで、浴槽の縁に身を乗り出した。湯面に揺蕩《たゆた》うプラチナブロンドをそっとすくい上げて、唇で触れる。

「ほんとは……エルノが人間じゃないって知ってた。最初に俺を助けてくれたときから」

最初はエルノだって、正体を明かすつもりはなかっただろう。というか、人魚の存在を人間に知られるわけにはいかなかったはずだ。そう察したからこそ、律もずっと気づかないふりをしてきた。

そのエルノが禁を破ってまで秘密を打ち明けてくれたことに、その理由が律への想いであることに、律は嬉しさで胸が苦しいくらいだ。同時に、バラさせてしまったのを申しわけなくも思う。

ごめんね、と言いかけたが、

「なんだ、そうだったのか。それならもっと早く打ち明ければよかった」

と、エルノはけろりとした顔で笑い、バスタブにもたれた。

「リツが引いたらどうしようって思ってたんだ」

蠱惑的《こわくてき》な上目づかいに、全体のビジュアルと相まって、律はもうノックアウト寸前だ。こんなにきれいなエルノが、律のことを考えて迷ったり躊躇ったりしていたなんて、それほど律のことを考えてくれていたなんて、自分はなんて素晴らしい相手に恋をしたのだろう。

これまで人生のプライベートがぱっとしなかったのは、今のためだったのではないだろうか。もうこの瞬間に、一生分の花盛りを迎えた気分だ。

しかし、これだけは言っておきたい。エルノの見た目はピカ一だけれど、律が好きになったのはエルノ自身だ。

「どんなエルノでも、全部好きだよ」

エルノは律の項《うなじ》に手を添えて引き寄せると、濡れた鼻先を擦《こす》りつけてきた。

「俺も。作曲家のリツもチェリストのリツも、俺を好きでいてくれるリツも、全部好き」

唇が重なる。見た目は清らかで神々しくさえあるのに、肉食系人魚のエルノは、キスも激しく情熱的だ。すぐに唇を開かされて、器用に動く舌に口中を掻き回される。

「……ん、んっ……」

頭の中まで掻き回されるかのように、思考がぐずぐずに蕩《とろ》けて、与えられる快感しか意識できなくなる。

大きな水音がして、湯が身体に降り注ぐのを感じても、律はキスに夢中だった。

ふいに唇が離れ、律はぼんやりと目を開く。やめてほしくない、というか、ずっとキスしていたかった。

ほぼ真上から律を覗き込むエルノが苦笑している。

「リツを危険な目に遭わせるところだった」

「え？　あ……」

気づけば律はバスタブの外に座り込み、上体を大きく反らした体勢になっていた。背中を支えてくれているエルノの腕がなかったら、そのまま頭を大理石の床に打ちつけているところだ。

「うわ、知らなかった！　……あれっ⁉　いつの間に？」

慌てて身を起こした律は、エルノが人の姿になっていて驚く。一瞬目にした限りでは、肝心なところも人間と同じだった。

視線を逸《そ》らして立ち上った律を、追いかけるようにバスタブから出てきたエルノが抱き上げた。膝裏《ひざうら》をすくい上げられ、横抱きにされたこの状態は、女子の憧れのお姫さまだっことというやつではないだろうか。

「そりゃあ、リツと愛し合いたいから」

「わわわ、なに⁉　だいじょうぶなの⁉　——えっ、今なんて……」

律も日本人としては平均的な大きさなので、持ち上げるには力が必要なはずで、落とされやしないかとはらはらする。いや、それよりもエルノがどこか痛めたり、転んでけがでもしたりしないかが心配だ。

だから、エルノの言葉を理解するのが少し遅れた。今どき古風なというか、文学的表現というか、そんな言い回しだったこともある。

パウダールームを抜けながら顔を見合わせると、エルノは笑みの形の唇を、律の頰に押し当てた。

「リツとエッチしたい」

……聞き間違いじゃなかった！

かあっと頰が熱くなり、律はエルノの腕の中で俯《うつむ》く。

軽いのかなんなのか、エルノはストレートに訊いてくる。

「したくない？」

「……したい、です……」

「よかったー。どこ？　どこ行けばいい？」

律が指さすままに階段を上がったエルノは、二階の主寝室のドアを開けた。淡いブルーの壁紙と天然木の腰板で囲まれた部屋は、ベッドリネンやソファのファブリック、カーテンを紺色で統一している。

「わあ、海みたいだ。はい、到着！」

エルノは律をキングサイズのベッドに寝かせると、自分も隣にダイブした。

「ちょっ、びしょびしょ……」

「あ、ごめん」

「……いいや、今さらだ」

初対面から水浸しだったのだから、そのほうが自分たちらしい。しかし水を吸った衣服は重く、動きにくい。

張りつくTシャツをつまむ律を見て、エルノが手を伸ばしてきた。

「俺が脱がせる」

「えっ、あ、ああ」

しかし裾《すそ》を胸まで捲《めく》り上げたところで、エルノの動きが止まった。その視線を辿ると、律の胸に行き着く。

「……な、なに見てんだよ？　まさかぺったんこだとか思ってるんじゃ――」

「違うって」

エルノは律のTシャツを一気に頭から引き抜くと、胸に顎を乗せた。

「ずっと気になってたんだ」

「なっ、なにが⁉」

エルノの目と鼻の先には律の乳首があるのだが、なにか変わったところがあるのだろうか。人間としては極めてふつうだし、エルノとも造形的な差はないように思うのだが。

「旨そうだなって」

肉食人魚という言葉が頭に浮かび、律は声を上げかけたが、出てきたのは己のものとも思えない、なんとも悩ましげな喘ぎだった。

「んっ、あ……ちょっ……、やだ、そんな強く——」

エルノは律の乳首に吸いついて、舌を躍《おど》らせている。小刻みな振動が擽《くすぐ》ったいような、それ以上に心地いいような、しかしいきなり始まった愛撫に激しく戸惑い、混乱してもいる。

反対側を手のひらで撫でられ、自分の胸が硬く尖《とが》っている感触に、律はぎょっとして視線を向ける。

……うわ、やばっ……。

日が差し込む真昼のベッドルームで、ハリウッドスターかパリコレモデルかという美貌の男が、同性の小さな乳首を弄《もてあそ》んでいる。なんとも淫靡で、しかもその片割れが自分だというのだから、興奮は一気に上昇した。

「やっぱり旨い。予想以上だ」

顔を上げたエルノは、乳首を玩弄《がんろう》する指はそのままに、満足げに唇を舐《な》めた。

なんか圧倒的なんだけど！

エルノが何歳なのか知らないが、性的な経験値は明らかに律が負けている気がする。しかもこれだけで感じさせられてしまうなんて、無邪気なくせに侮《あなど》れない奴だ。

「……マジで食ったりするなよ……」

どうにかそう言い返した律に、エルノは含み笑って――しかもそんな表情をすると、超絶イケメンなので迫力が半端ない――律のみぞおちからへそへと唇を滑らせていく。湿った肌が粟立《あわだ》つのを感じていると、ゴムウエストのハーフパンツが下着ごと引き下ろされた。

「……おー……」

「なんだよ⁉　なにが『おー』なんだよ⁉」

身を起こしかけた律を、エルノは片手でやんわりと阻《はば》み、衣服を爪先から抜き取った。返す手で、律のものを握る。

「うっ……」

すでに反応していたそれは、他人の手の感触にますます硬くなった。エルノは焦れったいような指使いで、それを煽《あお》っていく。

「リツはどこもきれいだな」

「なに言ってんだよ……形も大きさもふつうだって。ていうか、きれいっていう表現はしないだろ」

「きれいだよ。そして旨そう」

またそれか、と言いかけた律は喘いで仰け反る。エルノにいきなり咥《くわ》えられたのだ。その快感といったら、カルチャーショックだった。

いや、人間も性器を口で愛撫するのは珍しくないのだろうけれど、律の人生においては未体験だった。ここだけの話、複数の女性と関係を持ったけれど、行為にはそれほど魅力を感じなかった。独りでするよりは新鮮くらいの感想だったのだ。

それがこんなに気持ちよかったなんて！

「すごい。バッキバキだしヌルヌルだ」

オノマトペだらけの言葉に、律は息を乱しながら答える。

「……しゃ、しゃぶられたのなんて、初めてで……あっ、あっ……」

一瞬愛撫が止まって、律は目を開けた。大きく広げた脚の間に陣取ったエルノが、怒張を握ったままこちらを見つめている。その双眸が剣呑《けんのん》に見えるのは気のせいだろうか。

「それ以外はしたことがあるってこと？」

「えっ、いや……ごめん、エチケット違反だった。ていうか、そっちもそこを突っ込むなよ。俺いくつだと思ってんの？　女のひとりやふたり――ひゃっ……」

「こっちは？」

指で突かれたのは後孔で、律の喉《のど》から情けない声が洩れた。同性のエルノとセックスするなら、使う場所はそこだとわかっていたはずなのに、のっけから男の快感を煽られて、頭から抜け落ちてしまっていた。

指が沈む感覚に、律は焦って声を上げる。このままずぶりとやられるなんて、いくらエルノが相手でも怖すぎる。

「ないない！　ちょっと待って！　いきなりは無理！」

「あ、そうなんだ。よかった」

よかったってなにが？　むしろこの場合、経験豊富でカモ～ンのほうが互いに安心安全だったんじゃないのか？

それともエルノは処女厨なのだろうか。人間界のそんな偏《かたよ》った情報に染まっているのかなどと考えていた律は、はたと気づいた。同性の律を相手にこんなに乗り気なところからして、確実に人間社会の影響を受けているといえるのでは。自然界で同性愛はまずないはずだ。

しかしこんなに人間に近い見た目と思考を持っている人魚だから、同性愛の文化も存在するのだろうか。つまりエルノは、ゲイの人魚？　野生動物なのに？

「うわわっ、待ってって言ってるのに！　あっ、あっ」

指が潜り込んでくる感触に、律はベッドの上をずり上がろうとした。しかしエルノの片手に急所を握られていて逃げられない。

「するっと入っちゃったよ。痛くないだろ？」

それは俺が緩いってことか、と反論したくなったが、小刻みに指を出し入れされて震えが走った。これまでの人生で特に意識することもなく、そのつもりもなく守ってきた場所を暴かれたショックは大きかったけれど、肉体的なダメージはない。ダメージどころか、ぞくぞくして息苦しいようなこの感じは、快感なのではないだろうか。

「ぬっ、……ヌルヌルだから……」

「うん、リツからいっぱい出てくる。ほら、また――」

親指の腹で亀頭を撫で回され、快感が倍増する。蛇口《じゃぐち》が壊れてんじゃないか？　いやいや、ていうか、このヌルヌルが全部俺の先走りなのか⁉

エルノの唾液だって混ざってるはず。

ぐっと広げられる感覚に、指を増やされたのだと知る。それでも律のそこは痛みを訴えるでもなく、もちろん切れたりすることもなく、内壁を撫で擦られて悦《よろこ》ぶようにうねった。

一方の前も緩急をつけられて玩弄され、本当に手で扱《しご》かれているのかと疑いたくなるような気持ちよさだ。

エルノはそうとうなテクニシャンなのかと思ったが、それを差し引いても律の反応はすごすぎる。

「……おか、しい……」

「え？　なにが？」

律はこんなに乱れているのに、平然とした声を返されて、少し憎らしくなりながら必死に目を開けた。エルノが強い眼差しで見下ろしていて、律は心臓を摑まれたかのようにどきりとした。

同時に快感がいっそう鮮烈になって、身悶《みもだ》えながら口を開く。

「だって――あっ、あっ、俺……こんな……なんでこんなに感じて……」

「リツに気持ちよくなってもらいたくてしてるし、リツだって俺が好きだから感じてるんじゃないの？」

さも当然のような答えに、しかし律は目から鱗が落ちる気がした。

エルノを好きだから……こんなに感じてる……？

振り返ってみれば、これまでに律が経験したのは、恋の過程をすっ飛ばしたものだった。好きで好きでたまらない相手とのセックスは、自分の感覚まで変えてしまうものなのか。

「おかしなこと気にするね、リツは。集中集中。ほら、もっと感じて」

エルノの言葉に納得した律は身を委ねようとして、軽い口調とは裏腹に依然として鋭い視線のエルノが気になった。とにかく律をガン見している。よくよく確かめれば呼吸が荒い。つまり、律の痴態《ちたい》を見て興奮しているということだろう。

一方的に感じさせられていた律は、これではいけないと自分も行動に出ようとした。しかしエルノの下肢に目をやって驚愕する。

「……でかっ！」

思わず言葉に出してしまうほど、エルノのものは隆《りゅう》とそびえ立っていた。体格を考慮しても巨根といっていい。

おずおずと視線をエルノと合わせた律は、遠慮がちに呟いた。

「サイズ的に無理があるような──ああっ！　なに!?　だめっ、そこ！　やっ、あっ！」

律の中で蠢《うごめ》くエルノの指が、鋭い快感を送り込んでくる。あまりにも気持ちよくて腰がくねってしまい、それがさらに己を刺激した。

前立腺《ぜんりつせん》なんて単語が頭をよぎりながら、律は絶頂に達した。悦びが深すぎて、余韻が後を引く。なかなか戻ってこられない律の上に、エルノが体重を乗せてきた。

「ん、重……え？　無理って。お返しに手で――」

抵抗にもならない言葉は、半分喘ぎのようだ。身体に至ってはエルノに動かされるままで、あっという間に正常位の形に持っていかれる。

「手じゃ嫌だ。リツが欲しい」

指が引き抜かれ――達した後も今の今まで中を刺激され続けていたのだと、このときに気づいた――、熟れた肉が名残を惜しむように蠢く。そこに硬く熱い塊が押し当てられて、ぐうっと侵入してきた。

「んあああっ……」

エルノの怒張はやはり大きくて、しかし息苦しさを感じながらも、いっぱいに満たされていく悦びがはるかに上回る。

「……すご、い……」

「うん、リツが」

シーツと背中の間に潜り込んだ腕に抱き寄せられ、いっそう深く腰が重なる。

「……はは、入っちゃったよ……流血沙汰にもなってない……」

エルノの頬に触れてそう囁くと、その手を握られて唇を押し当てられた。

「リツを危険な目に遭わせないって、約束しただろ」

「うん……気持ちいい」

「これからだよ」

ゆっくりと、しかし力強く腰を回されて、感じる場所を擦られる。どう考えてもいっぱいいっぱいのはずなのに、なめらかに、ときに鋭く刺激されて、官能が引き上げられていく。

先ほど達したのが嘘のように屹立《きつりつ》したものが、互いの身体の間で擦られて激しく疼《うず》いた。無意識に添えそうになった律の手を、エルノがやんわりと封じる。

「リツの手はここ」

広い肩にしがみつかされ、大きく揺さぶられる。激しい抜き差しに、快感が怒涛《どとう》のように溢《あふ》れ出し、律は言葉にならない声を上げて悦びを訴えた。

「あ、ああっ……どうしよ、出るっ……出ちゃう……っ……」

「まだ」

「やだよ、我慢できないっ、んっ、ああっ……」

「じゃあ、もう一回していい？」

必死に頷くと、エルノは狙《ねら》い澄ましたように律の弱いところを突き上げた。

「ああっ……」

世の中にこんな快楽があったのかと、今さらながら思う。恋の威力は素晴らしい。

息を乱す律に、エルノは深くくちづけながら、繋がったまま動きを再開する。もう少し休ませてほしいと思っていたのに、気づけばエルノの動きに応えていた。そして我慢が利かなくなるのも律のほうが先で、「いかせて」「もう一回」のやり取りがまた繰り返された。


ベッドの上で放心したように身体を投げ出している律の目に、窓から夕暮れの景色が見えた。

初エッチでこれはやりすぎなんじゃ……。

エルノもエルノだけれど、応じた自分も自分だ。しかし一度身体に火がつくと、エルノを貪らずにはいられなかったのだ。疲労感は半端ないが、幸いにも負傷の類いはない。

それにしても、エルノのなんと情熱的だったことか。加えてすごくエロかった、いい意味で。

同性にエロスを感じたのは初めてだ。

ていうか、男とか女とか関係ないんだな、きっと。違う生き物だってことも。

相手を好きだからこそすべてに刺激を受け、行為に溺れたのだ。

律にとってはセックスに開眼する素晴らしさだったが、エルノはどうだったのか気になる。最

中には恥ずかしくなるほど露骨で、しかし嬉しい言葉を惜しみなく聞かせてくれたけれど、本当のところは満足したのだろうか。エルノに引きずられて、自分的にはかなり頑張ったつもりだけれど、なにぶんこういうセックスは初めてだ。

よく憶えてないけど……いった回数はエルノのほうがずっと少ないはず……。

そこで律ははっとした。あいにくというか当然のことながらというか、コンドームなど用意がなかったし、そんなものに頭が回りもしなかったので、思いきり中出しされてしまった。

まあ、妊娠するわけではないにしても、男同士でも使用したほうがいいと小耳に挟んだことがある。事後のいろいろな都合上。

シャワーを浴びるべきかと思いつつ、まだ疲労感が抜けず、身体を起こすのすら億劫《おっくう》だ。エルノは飲み物を取りに部屋を出ていったが——。

「ねえねえ、フルーツが水の中で泳いでたんだけど」

ミネラルウォーターのボトルとガラスの器を手に戻ってきたエルノに、律はどうにか片手を上げた。

「忘れてた。クラッシュアイスの上にフルーツを盛ってあったんだよ。こんなに放置してたら解けるよな。まだ冷蔵庫にあるから、そっちを切って——」

「これでいい。旨いよ、ほら——」

ベッドに腰を下ろしたエルノは、マンゴーをつまんで律の口に入れた。芳醇な甘みが口いっぱいに広がる。

水を飲みながらフルーツを食べて、人心地がつくと、エルノは律の隣に腹這《はらば》いになった。長い膝下を揺らしながら、律の顔を覗き込む。

「俺が人間じゃないって、なんで知らないふりしてたんだ？」

「人魚だってバレちゃいけないんだと思ってたんだ。それでエルノが消えちゃったらやだから。ほら、童話とかだと正体を知られたのが原因で、みんな悪い方向へ行くだろ？　なにしろエルノは人魚だから。俺、人魚姫の話って救いがなくて苦手なんだよ」

「人魚姫？」

首を傾げるエルノは、童話のストーリーを知らないようだったので、律はかいつまんで説明した。

「えー、なんだそれ。それが子ども用の話？」

エルノは憤慨《ふんがい》してから、律の髪を撫でた。夕日に染まった瞳が美しくて見惚れる。

「俺たちは童話とは違うから。だいたい俺は人魚姫じゃないし」

そうだった。王子さまのような人魚だ。


律がガレージで車のエンジンをかけていると、エルノがひょっこりと姿を現した。

「あれっ、いつもより早いね。今のうちに買い物してこようと思ってたんだけど」

「どこまで行くんだ？」

「シティのモールまで。よかったら一緒に行く？」

エルノは頷いて、車の助手席に乗った。

走り出すと、エルノはもの珍しそうに車内を見回している。

「車に乗ったことある？」

「何度か。遅くないか？」

エルノの言葉に律は苦笑した。

「安全運転と言ってほしいな。実は、こっちに来るまでペーパードライバーだったんだ。東京では、自分の車がなくてもどうにでもなるから。ていうか、駐車場問題とかで、逆に面倒なくらいなんだよ。でもさすがにここでは、そういうわけにいかないだろ？　で、ドライバーデビューしたわけ。まあ、ホノルル辺りと比べたら全然交通量が少ないし、道路も広くて見晴らしがいいし、俺でもなんとかなってる」

「でも、右後ろがへこんでた」

「言うな。左ハンドルに慣れてないんだよ。右側通行も」

それを見越して、動けば充分の中古車だ。取り回しが楽そうななるべく小さいものにしたけれど、それでも前後が長く感じられて、たびたび戸惑う。車内がゆったりしているのはいいのだが。

ショッピングモールのパーキングにバックから停めようとして、リツは何度も切り返しをする。

「頭から突っ込めばいいんじゃない？」

「出られなくなったらどうするんだよ？　見えなくて、車にぶつかるかもしれない」

途中で話しかけられて、律のハンドルさばきはますます怪しくなる。

「あーっ、もう！」

「ちょっと交代して」

エルノは律を運転席から抱き上げると、器用に席を入れ替わった。荷物のように移動されて呆気に取られている律を尻目に、ギアを操作する。

「ちょっと、なにする気⁉　免許持ってないだろ！」

「ないけど、リツがやってるの見たら、どうすればいいかだいたいわかる」

「そんなわけ——あっ、やめて……！」

グンとアクセルが踏まれて律は悲鳴を上げるが、それは一瞬で、力加減を察したらしいエルノは、なめらかに車をスペースに収めた。

「ほら、できた」

窓から確認した車の位置は、ラインのちょうど真ん中だ。思わずエルノを見ると、わざとなのかなんなのか、女子が好きな男の車の操作の上位に入る、例のポーズだ。シートの背もたれに片腕を乗せてバック駐車、という。

晴れて結ばれた相手ではあるが、律は乙女ではないので、そんなしぐさにはキュンと来ない。むしろ自分が四苦八苦していたバック駐車を鮮やかに決められて、ちょっと悔しい。

「……実は無免で運転してるんだろ」

「ないない。ていうか、車のハンドルとタイヤの動きがわかれば、そんなむずかしいことじゃないと思う。泳ぐときにヒレを動かすのと一緒」

「あいにく俺は自前のヒレがないもんで」

ショッピングモールは島一番の繁華街の中に位置するだけあって、人が多かった。観光客も少なくないが、エルノの姿は人目を引いた。

……まあでも、格好はいつもどおりのタンクトップにデニムなんだけどね。

それがまた、お忍びで南の島にバカンスにやってきた北欧貴族のようにも見えてしまう。ズレた言動を臆面なく発揮するから、なおさら庶民生活に不慣れなふうに思える。

「さしずめ俺は、現地ガイドってとこか――あれ、エルノ……？」

隣にいたはずの姿が見えず、律が振り返ると、エルノはブランドコスメのショップでスタッフに捕まっていた。というか、香水のテストをしているようだ。

律が戻ると、「これは全然違うな」とエルノが呟くのが聞こえた。

「どんなイメージがいいのかしら？　可愛らしい系？　それとも大人の女？」

どうやら彼女へのプレゼントと思って、スタッフは接客中のようだ。そばに寄って律までセールスをされても困るので、少し離れて様子を見守った。

メンズコスメの類いならパウダールームに律のものが並んでいるが、エルノはそれらに興味がない様子だったし、そもそも金を持っていないはずだ。うまく断れたら大したものだが、むずかしいようなら助けに行けばいいと、バック駐車の件をまだ引きずっている律は、少し意地悪な気分で眺める。

「うーん、凛《りん》としてきれいで、でも情熱的なところもあって、その上することなすこと可愛くて、っていうかパーフェクト」

えっ、それ俺のこと？　へえ……そんなふうに見てたのか……。

エルノの口から他人に向けて語られる自分がかなり高評価で、律はバック駐車のわだかまりも吹き飛び、ひとり照れる。

「まー、ベタ惚れね。さぞかしすてきな人なんでしょ」

「そうそう――あっ、リツ！」

エルノは律に気づくと、駆け寄って腕を掴み、ショップスタッフの前に引きずり出した。

「ね、言ったとおりパーフェクトだろ？」

スタッフはメイクでぱっちりとしている目をさらに丸くする。

「ななななにを言ってるんだ、エルノ！　すみません、おじゃましました！」

まさか話題の主が自分だと暴露されると思っていなかった律は、焦ってエルノの背中を押しながら、コスメショップから逃げ出した。

「え？　どこ行くの？」

「いいから！」

人気《ひとけ》の少ない通路まで進んで、律はようやく足を止めた。

「あんなとこでなにやってんだよ？　香水なんか興味ないくせに」

「声かけられたから」

声をかけられたら応じてしまうのか。幼稚園児よりも危うい。手を繋いでいたほうがいいのだろうかと、律はため息をついた。

気づくとエルノは口元を綻ばせている。

「なに笑ってんの？」

「リツみたいな匂《にお》いの香水があったら欲しかったんだけど」

「俺……？　あ、そういうこと。あの店にはないよ。同じのが欲しければ買いに行こうか？」

一応律も愛用のトワレがあるが、こちらに来てからはほとんど使っていない。それにしても興味がないとばかり思っていたのに、チェックをしていたのかと意外に思う。

「違うよ」

エルノは律の手を握って、自分に引き寄せた。不意を突かれてエルノの胸に包まれる。

「ちょっ……」

さらに耳元に鼻先を押しつけられて、律は狼狽えた。

「リツがいい匂いなんだってば。香水があれば、会えないときもリツがそばにいるような気がするだろ」

……なんだ、この天然のタラシは！

そう思いながらも、すでにエルノに魅了されている律は、嬉しく思うほうが大きい。

人目が皆無ではない場所でいちゃつくのも、そんなに気にしなくていいのではないかと思ってしまうくらいで、そこからは周囲を意識せずに仲よくショッピングを続けた。

「ランチ食べていこうか。なにがいい？　たしか近くにステーキハウスがあったけど」

せっかくだから肉食人魚にちゃんとしたステーキを食べさせたいと思って提案した律に、エルノが指で示したのは、フードコートに出店しているハンバーガーチェーンだった。

「えっ、ハンバーガーでいいの？」

「あれが食べたい」

ますますお子さまっぽいなと思いながらも、リクエストに応じることにした。一応いちばんボリュームがあるハンバーガーのセットを注文し、カウンター前にトレイが出てくると、エルノは喜びの声を上げた。

「ショップのスタッフが顔引きつらせてたよ」

テーブルに着いてさっそくハンバーガーにかぶりつこうとしていたエルノは、顔を上げる。

「モデルみたいなイケメンがオーダーしてきたと思って見惚れてたら、ハンバーガーに子どもみたいに喜んでたからじゃないの？」

「え、なんで？」

「だってほんとに嬉しかったし。美味しそう。いただきまーす♪」

大口を開けて頬張るエルノは、きれいなプラチナブロンドや白皙《はくせき》の頬にソースがついても、まったく頓着《とんちゃく》しない。それよりもバンズからパテがこぼれそうなことのほうが、ずっと大問題のようだ。

律がフライドポテトを齧《かじ》りながら、それを微笑ましく見つめていると、シルバーグレーの瞳が律の指先に注がれる。

「それ、美味しい？」

「食べてみる？」

ウェッジカットのポテトを口元に差し出すと、エルノはバーガーを呑み込んでから、子どものように大きく口を開けた。続けて目も大きく見開かれる。

「なに、これ⁉」

「フライドポテトだよ。ジャガイモを揚げたやつ」

エルノは黙々とハンバーガーとポテトを食べ尽くし、律のポテトにまで手を伸ばす。

「全部あげる。俺はもう満腹」

そう言ってトレイごと押しやると、エルノは目をキラキラさせた。

「リツ、なんていい奴なんだ！」

エルノはメニューを全制覇すると心に決めたらしく、明日も来ようと律にねだった。

「毎日食べてたらカロリーオーバーだよ。エルノは泳いでるからだいじょうぶかもしれないけど、俺なんかあっという間に相撲《すもう》レスラーだ。そんな俺でもいい？　ていうか、腹がじゃまでチェロが弾けなくなるかも」

「それはだめだ。リツのチェロは世界の宝だから。うーん、悩ましいな……」

額《ひたい》に手を当てて眉を寄せている姿だけ見れば、どんなにむずかしいことを悩んでいるのかと胸を打たれる風情だが、考えているのはハンバーガーなのだからおかしい。

「そうだ、リツも毎日一緒に泳げばいい。俺がコーチしてやる」

「そのときは人魚になってくれる？」

「いいよ。そのほうが速く泳げるから、より万全なエスコートができる。リツを危険な目に遭わせないのが、俺の使命だからね」

エルノはソースまみれの口で、頼もしく約束した。

食料品を買ってパーキングに戻る途中、エルノが足を止める。ここに来てからしょっちゅうそんな調子なので、今度はなんだと律は紙袋を抱え直して訊ねた。

「どうしたの？」

エルノは一点を見上げていた。緩い風にプラチナブロンドがなびいて、青空をバックにまるでなにかの広告写真のようだ。

こんなに信じられないくらいきれいで、でもある意味見かけを裏切る純真さと素直さも、それはそれで好ましい性格で、とにかく律にとっては文句なしのエルノが、今は恋人だなんて。いったいなんのご褒美だろう。前世でよほど徳を積んだのだろうか。

見惚れていた律は、我に返ってエルノの視線を追った。

「ああ、観覧車か」

「かんらんしゃ？」

「うん、箱がいっぱいついてるだろ？　ゴンドラっていって、実際には人が何人か乗れるくらいの大きさなんだ。輪っかがゆっくり回る間、乗って景色を眺める」

「なにが見える？」

「さあ、ここのは乗ったことないけど、海くらいまで見えるかも」

エルノが動く気配もなく見つめているので、律は提案した。

「乗ってみる？」

考えてみれば、これまで海の中で暮らしてきたエルノにとって、陸地は見たこともないもので溢れているのだ。興味を引かれて当然だった。

せっかく出歩けるようになったのだから、いろんなものを見せたいし、その反応をそばで見られるのは律にとっても嬉しい。

エルノはぱっと律を振り返り、目を輝かせた。

「乗りたい！　行こう！」

車で観覧車がある公園まで向かい、パーキングに頭から駐車すると、エルノは車から飛び降りてそびえ立つ観覧車を見上げた。

「でかい……」

「遠くから見てたからね。行こうか」

チケットを買って乗り場に行くと、スタッフがゴンドラのドアを開けてくれた。

「動いてるぞ！」

「そのまま乗るんだよ。お先に——」

律はゴンドラに乗って、エルノに手を差し出した。たたらを踏《ふ》むようにしながら、エルノが乗り込んでくる。

「降りるときもこんな感じなのか。緊張するな……」

すべてが小さい子どものような反応で、律は笑いをこらえた。

「あ、あっ、上がってる！」

窓のアクリル板に顔を押しつけるようにして、エルノは外を眺めた。

「当たり前だけど、高いところに行ったことないんだよな。怖くない？」

「ちょっと怖いかも……でも、すごい！」

「さっきまでいたモールがあれだよ」

「横がパーキングだな。車を停めたのはあの辺りだ」

上昇するにつれて景色が広がっていって、ついには海が見えてきた。

「海だ。家とは反対側の海岸だけど、あの辺も泳いだことあるんだろ？」

「ある、と思う……」

一応返事はあるけれど、エルノはもう景色を見るのに夢中のようだった。

てっぺんの辺りで、エルノが空を見上げる。

「俺……今、空にいるんだな。嘘みたいだ……」

その言葉は律の胸に深く響いて、エルノをもっともっと楽しませ、喜ばせたいと強く思った。

「パスポートがないから飛行機は無理だけど、このくらいならいつでも――あ、そうだセスナやヘリは？　もっと高く飛べるよ。ちょっと音や振動がすごいかもだけど、車が平気ならきっとだいじょうぶ――」

ふいにエルノの顔が近づいてきたと思ったら、キスをされた。一瞬のことだったけれど、律は文句を言うのも忘れてときめく。

……かっ、観覧車でキスって……デートのド定番じゃないか。まさかエルノが知ってるはずもないし……乗るとしたくなる乗り物なのか？　それでキュンとするのも、女子に限らずなのか？

「リツ、ありがとう。嬉しい」

「いや、こちらこそ……」

律は高鳴る胸を押さえながら、エルノをいろんなところに連れていって、いろんなものを見せてあげようと心に決めた。

律との再会を望むあまり、人の姿になってくれたエルノなのだ。律の世界に来てくれたエルノを、できる限りもてなしたい。

いや、単純に、エルノの笑顔が見たい。


律のリクエストに応えて、一緒に海で泳ぐときには、エルノは人魚の姿になる。人の姿のエルノもいいけれど、海ではやはりその姿が最高だと思う。

エルノも本来の姿のほうがずっと泳ぎやすいようで、律はエルノに抱きかかえられたり、手を引かれたりしながら、シュノーケルもフィンも使わずに、装備アリのときよりも速く海中を巡った。

ピートに会う機会もあった。青い魚は律にもすっかり慣れてくれて、海中散歩に同伴する。魚同士で意思疎通があるのか、ピートがいると他の魚も群れを作って追いかけてきたりするから楽しい。まるでファンタジー映画の主人公にでもなったかのようだ。

そんなふうに律が海の中で夢中になっているときも、エルノはちゃんと息継ぎのタイミングを察して海面に上がってくれるし、そうでなければ口移しに空気をくれた。

波間に顔を出した律は、大きく息をついてからエルノに抱きつく。

「すごくなかった？　さっきのウミガメ！　まさかウミガメと一緒に泳げるなんて、エルノがそばにいてくれたからだよ」

浦島太郎《うらしまたろう》を竜宮城《りゅうぐうじょう》へ誘ったカメもかくやというサイズで、人間ひとりくらいなら余裕で背中に乗れそうだった。それが泰然と海の中を泳ぐさまは、海の偉大さと生き物の素晴らしさを、律に強く印象づけた。

「あいつはこの辺りの主なんだよ。挨拶《あいさつ》しとかないとね」

そういえばエルノが手を振ると、ウミガメは大きくカーブしてこちらに近づいてきたのだ。言われてみれば、まるで近所のおじさんが挨拶するようだったと、律は思い出して笑う。

「へえ、何年生きてるんだろ――あっ……」

ずっと沖から、シャチの鳴き声がした。そちらに目を向けると、複数が大きなしぶきを上げている。

「この前見たシャチかな？」

「うん、レイアとリサだ」

エルノの答えに、律は驚いてシャチとエルノを交互に見る。

「え？　え？　どっちが？　ていうか、名前があるの？」

律にはさっぱり区別がつかないが、エルノの口調は迷いがない。

「あ、もしかしてピートみたいに、エルノが呼び名をつけてる？」

ウミガメを主というくらいだから、違う種族でも同じ海を生活の場とする者同士、交流があるのかもしれないと、律は納得する。

「シャチは母親主体のポッドっていう群れを作って生活するんだ」

「へえ、じゃああの、レイアとリサは同じポッドで姉妹ってこと？　あ、エルノは？　家族はいるの？」

エルノといればシャチやサメに襲われることもなさそうだけれど、まさか人間のように「恋人です」と紹介されたり、親交を結ぶのはむずかしいだろう。しかし人魚なら、もっと意思疎通ができそうだと思った。もちろん、先方が面会を嫌がらなければの話だが。

「いるよ。母親と兄と姉と妹」

おっ、いるんだ。姉と妹って、マジ人魚姫じゃん。

そう考えていた律は、続いたエルノの言葉に耳を疑った。

「さっきのレイアが姉で、リサが妹」

「はっ⁉　それはシャチの名前だろ？」

「俺もシャチだよ」

……なん、だって⁉

波間に浮かびながら、しばし律は呆《ほう》けたようにエルノの美貌を見つめた。この美しい生き物が、人魚だというなら納得する。というか、どこからどう見ても人魚だろう。

一方のシャチは、体長五メートルを超える個体も少なくない、海の最強生物の一頭だ。

「……だって、人魚――」

律は海中を指さしながら呟く。透き通った水を通して、尾びれがついた下半身がたしかに見える。

「進化種だって言っただろ？　シャチの進化種なんだよ。あ、ポッドの中では俺だけね」

進化種という言葉は憶えている。というか、この世には進化種を保護研究する機関があって、エルノは幼いころに一時保護されていたとも聞いていた。だから多少なりとも人間の社会生活を知っていて、車にも乗ったことがあるのだと理解していた。

てっきり律は、人魚にも人の姿にもなれる生き物のことを進化種といって、その機関はエルノのような生き物のために、密かに活動している団体なのだと思っていたのだが――。

「進化種って人魚だけじゃないの⁉」

「人魚はいないけど、いろんな動物がいるよ。絶滅危惧種《ぜつめつきぐしゅ》とか、個体数が減ってきてる種族が多いらしいけど」

保護研究機関というのも、律はひっそりと小規模な運営を想像していたのだが、世界各国に立派な施設を持ち、中には動物園やサファリパークの体裁をとっているものもあるという。

それが、存続の危機に瀕《ひん》している生き物を守るという所信に賛同した富裕層の、善意の秘密の寄付で成り立っているというのだから、人間も捨てたものではないと律は感心した。

しかし最大の疑問は残り、改めてエルノを見上げ、訊ねる。

「ほんとにシャチなの？　人魚じゃなくて」

それに対して、エルノは肩を竦《すく》めた。

「海洋生物の進化種の場合、本来の姿の他に、M型とH型っていう二段階の変化があるんだよ。ミックスとヒューマンね」

「ミックス……あ、じゃあ人魚がそれ？」

「そう。だけど俺は、ずっとH型にはなれなかった。それだと海から出て暮らすのは無理があるから、機関の施設では最小限の教育だけ受けて、海に戻ったんだ。シャチでいる分には、なんの支障もないしね」

話を聞いて、律は大きく息をついた。エルノを人魚だと知ったとき以上に驚いたけれど、考えようによっては、シャチのほうがよほど現実味がある気がしてきた。少なくともシャチは、人魚のような架空の生物ではない。

でも……あんな大きな生き物とエルノが同じなのか？　どうやって……。

「なに？」

エルノが律の顔を覗き込んだ。額がくっつくと、戯れるように唇を啄まれる。

「シャチのきみも見てみたい……と思って――」

「もちろんＯＫだよ。どんな俺も全部好きだって言ってくれたよね？　ちょっと手を離すけど、だいじょうぶ？」

頷きを返した律から離れて、エルノは一気に泳ぎ出した。

何度かプラチナブロンドの頭が見え隠れしたかと思うと、海面を割って巨大なシャチが跳ね上がった。その大きさといったら、ちょっとしたボートくらいありそうだ。白と黒の差がくっきりとして、流線型のアイパッチと、すっと伸びた背びれが凛々《りり》しい。

シャチのエルノは数回ジャンプして、海中深く潜った。思わず律も水の中に顔をつける。

わあっ……！

青い海の中を、シャチは泰然と泳いでいた。たしか海洋哺乳類の中では最速で、時速八十キロも出すというから、今は揺蕩っているようなものなのだろう。海面近くで覗き込んでいる律を中心に円を描くように、ゆっくりと移動していく。

……すごい……すごい、カッコいい！

律が息をつくのも忘れて見入っていると、エルノのそばに二頭のシャチが泳ぎ寄ってきた。先ほど見かけたエルノの姉妹のようだ。比べてみるとひと回り小さい。エルノは誘われたように一緒に泳ぎ出し、スピードを上げていく。

海中でほぼ垂直になって上を目指したかと思うと、三頭は次々にジャンプして、十数メートル

離れたところにいる律にまで、豪快な水しぶきを浴びせた。

これが……本物のエルノなんだ……。

感嘆にも似た思いで見守る律のもとに、しばらくしてエルノだけが戻ってきて、海面に半身を現した。アイパッチの付け根にあるつぶらな瞳が、なにかを訴えている気がする。さらにそっと身体を寄せられて、律はふと思った。

「もしかして、一緒に泳いでくれるの？」

返事のように短く鳴いたエルノの背びれに、律はそっと手をかけた。シャチに触れるのは初めてだが、ツルツルしてはち切れそうに硬い、ゴムのような手触りだ。意識して触れたことはなかったけれど、人魚のときのエルノの下半身も同じような感触だったと思う。

背びれにしがみついた律が大きく息を吸い込むと、エルノは海中へ潜っていった。

速っ……！

まるで海の中を巡るジェットコースターだ。小魚の群れが進路を開けるように割れて、後方へ遠くなっていく。方向転換も機敏で、目が回るような楽しさだった。

ほんの数十秒の海中散歩を味わって、海面に顔を出した律が息を整えている間に、摑んでいた背びれが消えた。はっとして目を開けたときには、人魚の——いや、M型のエルノが律の背中を抱いていた。

「どうだった？」

「すごいよ！　エルノはシャチになってもカッコいいな！　あんなに速く海の中を泳げるなんて、嘘みたいだ」

「本気出したらあんなもんじゃないって。リツを振り落としたら困るから、安全航行した」

エルノと浜辺まで帰り、当然のように律は砂浜を歩き出したが、エルノは海中にとどまっていた。

「エルノ？」

家に入ったら軽くシャワーを浴びて、今日のお礼にチェロを聴かせようと考えていた律に、エルノは片手を振る。

「今日はここでさよならするよ。リツも疲れただろ？　ゆっくり休んで」

「え……」

遠くでシャチの鳴き声がした。エルノはその声に呼ばれるように、沖へ向かって泳ぎ出した。何度か頭が見え隠れして、それがいつしかシャチの背びれに変わった。

……行っちゃった……。

呼んでいたのはエルノの姉妹だろうか。進化種ではないシャチがどのくらいの思考を持つのか知らないけれど、自分たちの仲間が海では生きられない人間と親しくしていたら、あまり面白くはないのだろう。

一方律は、エルノがシャチだと知っても、彼に対する想いが変わった気がしない。それはたぶん、エルノに最初から変化がないからだ。見た目こそ驚愕するほど変わったけれど、律に対するスタンスはずっと同じで、だから律の気持ちも変わりようがない。

しかしエルノの変身は気にならなくても、本来海で生きている彼の姿を目の当たりにしたことは、少なからずショックだった。というか、自分でも不思議なほど気落ちしている。

エルノが海から出ずに去ってしまったことも、それに追い打ちをかけていた。仲間のシャチの鳴き声もそうだ。

海に戻っていくエルノを追いかけようにも、律は彼らのように泳ぐことはできない。そばにいたい、離れたくないという気持ちはこんなに強いのに。

住む世界が違う、なんて言い方が、古い小説や映画であるけれど、今どきの若者同士の恋愛で実感するとは思いもよらなかった。

シャチの姉妹と戯れるように泳ぐエルノは、生き生きとして楽しそうだった。そこに律が入り込める余地はないと感じるくらいに。

律と離れている間、エルノはあんなふうに過ごしているのだろうか。律のことなんて思い出しもしないのだろうか。

一時は保護研究機関の施設にいながらも海に戻ったのは、人の姿になれなくて不都合だからという理由もあっただろうけれど、それ以上に、不必要に人間と関わらず、自然界で暮らすのが自分の生き方だと考えているからではないのだろうか。

そういえば……勧めても、一度も泊まっていったことはなかったっけ……。

一緒に目覚めて朝日を見るようなロマンティックな想像をしていたのだけれど、エルノと見たことがあるのは夕日だけだ。

エルノの自由を奪うつもりは毛頭ないが、一緒に生きていこうとしたときに、海で過ごせない律はどうしたらいいのか。そんなことをエルノは考えてみないのだろうか。

そこまでの関係じゃない……？

ふと浮かんだ考えに、濡れた身体がぶるりと震えて、律は思わず両手で自分を抱く。

エルノにとって律との関係は、いっときのものなのだろうか。

そもそもエルノが関心を寄せたのは、律が演奏するチェロの音色だった。だからそれを奏でる律に執着して、どういうわけか人の姿を取ることができたから、きっかけとなった律を好ましく思っているだけなのでは――。

その気持ちは身体を重ねるほどだけれど、生涯続くとは限らない。いや、むしろ海で生きていくつもりなら、ふつうのシャチとして子孫を残すのが動物の本能だろう。

じゃあ……、俺はまたひとりになる……？

これまでの律の人生は、基本ひとりで生きてきたようなものだし、それを気にしたこともなかったはずなのに、今はひどく寂しくて、心細いような気がしてきた。

エルノは翌日からもほぼ毎日のように訪れ、律と過ごした。海で遊ぶこともあれば、チェロを聴いてのんびりすることもあり、ごくたまに連れ立って近くのマーケットまで出かけることもあった。

律を翻弄《ほんろう》するような甘くてストレートな言葉も欠かさないし、セックスに至っては回を重ねるごとに情熱を増している気がする。

『リツのここは、俺にぴったりだよな。あ、俺の形に広がったのか』

そんなセリフに、律は返す言葉もなく、身体の熱を上げて身悶えた。

しかし、一度芽生えた不安は消し去れず、依然として律の中で燻《くす》ぶり続けている。いっそ面と向かって話をするべきかと思うのだが、それがきっかけとなってこの関係が変わったり、最悪別れが訪れたりしたらと考えると、口に出せなかった。

その日、エルノはキッチンに立って、シーフードサラダを作っていた。横にいると気が散るそうで、律はリビングでノートパソコンを開いていた。

「あ――」

届いていたメールに、思わず声が洩れた。

「どうしたの？」

カウンターの向こうで、エルノが顔を上げる。

「うん、俺が作った曲で、日本のアーティストが賞を取ったみたい」

「おお、すごいじゃないか！　どんな曲？　聴きたい！」

律がパソコンに入っている音源をプレイすると、エルノはサラダを作りながら鼻歌交じりに身を揺らす。

「適当だなあ。歌詞が違ってるよ」

「歌詞はリツが作ったんじゃないだろ。俺は曲を楽しんでるの」

そう嘯《うそぶ》いたエルノは調理を中断し、律の隣に座ってディスプレイを覗いてきた。

「受賞式があるんだな。あ、ほら、リツにも来てほしいって書いてある」

「うん……」

律の反応が薄かったせいか、エルノが肩を叩いてきた。

「なんだよ、もっと喜んだら？　リツの才能が認められたんだから。あ、キャンドルなかったっけ？　ケーキはないけど、お祝いにサラダにキャンドル点そう」

素直に喜んでくれるエルノに、律は苦笑する。

「キャンドルはないよ。ていうか、サラダはふつうにいただくから」

「おっと、そういえば途中だった。もうちょっとだから待ってて」

キッチンに戻ったエルノは、手を動かしながら訊いてくる。

「いつ発つの？」

「え、授賞式？　いや、俺はべつにいいかなって」

当然のことながら会場は日本なので、ここを留守にすることになってしまう。不用心だとかは気にしないけれど、エルノに会えない。もしかしたら、それきりになってしまう可能性だってゼロではないのだ。

未来に別離が待っているなら、それまでの一秒だって無駄にしたくない。

「えぇーっ、行きなよ！　みんなに褒められるんだろ。あ、動画撮ってきて。お祝いされてるリツが見たい！」

日本に行くってことは、しばらくいなくなるんだぞ。それがわかってんのかよ？　全然寂しそうじゃないいな。

それでも渋っていると、

「帰ってきたら、ふたりでお祝いパーティーしよう！」

エルノにそう言われ、律は帰国することにした。


好きだというエルノの言葉に嘘はないのだろう。彼の行動をとってみても、律を恋愛対象として最大限に想ってくれていると感じられる。

――今は。

言うなれば蜜月だ。しかし、これから先はどうなるのか。数年後は、いや来年は、来月は――律が日本から戻ってきたときには。

そこに期待が持てなくて、不安が律の中で燻ぶっている。

恋愛はふたりでするもので、その気がなくなった相手に関係の継続を強要することはできないと、律だってわかっている。ましてや自分たちには、結婚のように社会的な結びつきも作れない。

その前にエルノなら、嫌だと思ったらなにがなんでも離れていきそうだ。

フライトの間中そんなことを考えて悶々《もんもん》としていた律は、機内にアナウンスが流れ、窓の外に島国の景色が映るのを見て、決心を固めた。

エルノと一緒にいられる間は、できる限りふたりで楽しく過ごす。そして、ひとりになったときの覚悟をしておく。

エルノに対してなにもできないのだから、自分がどうするかを考えておくしかなかった。

帰国して二日後、都内のホールで行われた授賞式に出席した律は、久しぶりの人ごみに眩暈《めまい》がしそうだった。紹介されるままに片っ端から関係者と挨拶を交わし、いくつかのインタビューを受ける。

受賞曲を歌ったのは、歌唱力に定評がある若手女性シンガーで、レコーディング以来の再会だったが、律の手を握りしめて感謝の言葉をくれた。

「またぜひ小山内さんの曲が歌いたいです！」

そばに控えたマネージャーとプロダクションのお偉い方も、大きく頷いている。今にもスケジュールの打ち合わせをされそうな勢いだったので、律は愛想笑いでフェイドアウトした。

売れるとこうだよな。いや、わかってることだけど。

他の受賞アーティストや関係者にも同じような声をかけられ、辟易《へきえき》しながら席に着いた。

しかし授与後のステージで端に立ち、彼女が受賞曲を歌うのを見守っていると、客席が聴き入っている光景に気づいた。

一般観客のいない、関係者ばかりの席なのに、共に口ずさんだり、頷くようにリズムを取っている。もちろん歌手が好きだからとか、歌詞がいいからとかの理由もあるだろうけれど、律が手掛けた曲を好んで聴いてくれている人だっているだろう。

ふだん律が関わるのはせいぜいレコーディングまで、ほとんどはそれ以前のアレンジを済ませたところで手放してしまう。だから自分が作った楽曲を聴く人々の姿を、生で目にしたのは初めてだった。同じ空間にいることで、彼らが心を動かしているのがリアルに感じられ、律の胸に感動にも似た嬉しさが湧き上がってきた。

……いや、こういうのって、前にもあった……。

オーケストラのステージで、合奏の一音として、またソリストとして、満員の客席に音色を届けていた。あのときも、客席からこんな熱が返ってきたのを思い出す。

もうずいぶん昔のことのようで、懐かしくもある。戻れない時間だと思えば、なおのこと。

歌い終えた歌手に、律は素直に握手を求めることができた。先ほどの彼女の言葉も、売れるからという理由だけでなく、律の曲を本当に歌いたいと思ってくれているのだと今は思える。

ふと、エルノの言葉を思い出した。

『自分からも歩み寄ってみれば？』

そう言われたのはほぼ初対面のときで、律のことも今までの経緯もよく知らないくせにとか、エルノはそんなふうに思える環境なのだろうとか思って聞き流してしまったけれど、案外的《まと》を射《い》ていたのではないだろうか。

非難されたり拒絶されたりするなら、近づかなければいい、立ち去ればいいと思って、実際そうしてきた。しかし、そこで話し合いの場を持つべきだったのだろうか。結果がどうでも、自分の考え方を伝えたり、相手の意見を詳しく聞いたりすることは必要だったかもしれない。

オーケストラを辞めて団員と離れてもべつに困らない、嫌がられてまで居座る意味はないと思った律が、エルノに対しては必死になれたのは、むしろそんな過去にわだかまりを残していたからではないだろうか。

彼らが必要だとまでは言わないけれど、共に音を奏でることに未練のようなものがあった。その楽しさを思い出してしまった。

もちろん彼らは、依然として律を不要だと思っているかもしれないし、今さらどうアプローチしたらいいのかもわからない。

歩み寄るって、そう簡単なことじゃないんだよ……。

それでも、まったく行くつもりがなかった授賞式後のパーティーにまで、誘われるままに足を伸ばしてしまったのは、音楽という共通項を持つ人々との交流が名残惜しかったからかもしれない。律にとっては、これが精いっぱいの歩み寄りともいえた。

「あっ、小山内さん！　初めまして、挨拶させてください」

そう声をかけてきたのは、三十代くらいのいかにも業界人っぽい風体《ふうてい》の男だった。どこかで見たことがあるような、と考えているうちに、当人が名乗りを上げる。

「仲本《なかもと》隆星《りゅうせい》といいます」

「あ、あのプロデューサーの。初めまして、小山内です」

アイドルグループを打ち出したり、映画や舞台を手掛けたりと、多角的に活躍し、成功に導いている人物だった。

「いや、ずっとお会いしたかったんですよ。ぶしつけながら、何度かメールも送らせてもらったんですが」

「えっ、あ……そうでしたか。拠点を移したりしていたので、それで受信しそびれたのかも――」

しどろもどろで言いわけをする律を気にする様子もなく、仲本は手のひらを突き出した。

「や、いいんです、それは。直接お話ししたかったので。実はですね、今、カルテットグループを企画中でして」

カルテットと聞くと、チェリストの律は弦楽四重奏を思い浮かべてしまうのだが、なにも言わないうちに、仲本は大きく頷いた。

「そう、クラシック風味のグループです。いや、クラシックももちろん演奏してかまわないんですが、より一般向けにポップス寄りの楽曲で、男子四人組！　楽器が弾ける男子はポイント高いですからね。加えてイケメン揃《ぞろ》いときたら、人気間違いなしでしょう」

そこまで聞いたら、律にもおおよそ察しがつく。そのカルテットのメンバーとして勧誘されているのだろう。

「つきましては、ぜひ小山内さんに参加していただきたいと――」

律は慌てて両手でガードする。

「いや、企画はいいと思いますけど、俺は……あ、ほら、もう二十八ですし、デビューなんて齢《とし》じゃないし――」

「落ち着いた雰囲気でいきたいんですよ。息の長いグループになりますよ。他の候補はですね――」

その後も仲本のプレゼンは続いたが、律は隙を見て逃げ出した。

なんで俺なんだよ……そんなの無理無理！

やたらアイドルや人気者を作り出すプロデューサーだから、カルテットグループといったって、音楽メインで展開する可能性は低い。ビジュアル重視なところからして、それ以外で活動させようという狙いがアリアリだ。

幸か不幸か人並み以上の容姿と評される律は、そのせいで音楽的才能にバイアスをかけられ、苦い思いをしたことも一度や二度ではない。外見で売る気はさらさらないのだ。

「生ビール」

会場の片隅にあるバーカウンターで注文し、グラスに口をつけていると、背後から肩を叩かれた。仲本が追いかけてきたのか、それとも別口の勧誘かと険しい顔で振り返り、律ははっとしてグラスを取り落としそうになった。

「……吉原《よしはら》さん……」

眼鏡に白髪交じりの口ひげを蓄えた男は、かつて律が所属していた帝都《ていと》フィルハーモニーのコンサートマスターだった。

「六年ぶりかな？　相変わらずいい男だな」

「吉原さんも……お元気そうで」

見方によっては追い出されたようでもあり、逃げ出したようでもあり、とにかくあまりいい辞め方ではなかったから、楽団関係者とその後のつきあいは皆無だった。

いや、吉原からは何度か季節ごとの便りをもらっていたのだったか。律が返さずにいるうちに、それも途絶えた。

そんな過去もあって、再会がいささか気まずい律に、吉原は眼鏡越しに顔を覗き込んでくる。

「仲本プロデュースのカルテット、やるのか？」

「聞いてたんですか。まさか。今さら芸能界デビューでもないでしょ」

「そうか？　ああ、私も生ビールをもらおう」

グラスを受け取った吉原が歩き出したので、暇乞いの挨拶をするきっかけが掴めないまま律もついていく。吉原は小さなスタンディングテーブルにグラスを置き、律を振り返った。

「じゃあ、帝都フィルに戻る気は？」

律は目を瞠った。一瞬、鼓動が速くなる。

「……本気で言ってます？　後ろ足で砂をかけた自覚はあるんですけど」

「音楽業界に限ったことじゃないが、本気になればなるほど己のやり方や考え方に固執《こしつ》する向きはあるよな。こんなに一生懸命頑張ってるんだから、俺が正しい、みたいな。そういうぶつかり合いは、大なり小なり日常茶飯事《さはんじ》だ」

吉原はなんの話をしているのだろう。当時、彼はどちらにつくこともなく静観していたと記憶しているが、今さら相手方の弁護でもしているのだろうか。なんのために？　まさか本気で律を呼び戻すために？

「……そういうの、やなんですよね。争うくらいなら、引けば済むことでしょ。実際うまくいったじゃないですか、お互いに」

「きみはそうかもしれないが、太田《おおた》や川内《かわうち》はどうかな？　あれから彼らの演奏を聴いたことはあるか？」

首を振った律に、吉原は彼らが不調とまでは言わないが、覇気がなくなったと答えた。しかし、それは律のせいだろうか。律は彼らの望みどおりに辞めただけだ。

「ぶつかり合うことで、高め合える。あるいは協調する。人間同士の関わりも、オケと同じだってことだよ」

「彼らのために、俺に戻れってことですか？」

「そこまで面倒見よくはない」

吉原は笑ってビールを飲むと、汗をかいたグラスをくるりと撫でた。

「まずは自分のため。それからきみの音を欲しがってるメンバーのため、かな」

戻ってきて一緒に演奏したいと思ってくれている団員がいるのかと、律は驚きつつ、ぎこちなく頭を揺らす。

「そんな人が……だって、辞めるときには誰も――」

吉原は肩を竦めた。

「もちろん全員とは言わないが、そう思っているメンバーは少なくない。さっききみ自身も言ったけど、そういう声を聞く前に、さっさと出ていっただろう。きみを含めて誰もが、自分の思いを伝えられずに離れてしまったんじゃないか」

望まれていると知ったことと、先ほど聴衆を前にしたときに味わった心の昂《たかぶ》りが、律を大きく揺さぶっていた。

しかし今さらどの面下げてという気持ちもあったし、元に戻れば我の張り合いや諍《いさか》いとも無縁ではいられないだろうという予感もした。

迷う律の目の前に、チケットが差し出される。

「来週コンサートがある。今の帝都フィルを審査してやるくらいの気持ちで、聴きに来てくれたら嬉しい」

とっさに受け取ってしまい、チケットに見入っていた律の前から、吉原はいつの間にか姿を消していた。


マンションに戻った律は、けっきょくチケットを持ち帰っていた。無造作にテーブルの上に放ったけれど、気づけばスマートフォンで帝都フィルハーモニーのホームページを検索し、プログラムをチェックしたりしていた。

……どうする？

明後日のフライトでハワイに戻るつもりで、航空券はもう手配してある。エルノにもそう伝えてあった。

コンサートを聴くためだけに予定をずらすなんて、そんな必要があるだろうか。六年も前に退団して、今はまったく関係がないオーケストラだ。すでに律は、作曲家としての地位を確立している。

チェリストとしてやりたいなら、今の律は単独でステージに立つことだって可能だ。わざわざオーケストラに所属して、合奏までする必要はない。

でも……オケも面白いんだよ……。

独奏では決して味わえない迫力と、切磋琢磨《せっさたくま》するような音の重なり。タクトが止まったときの達成感。

律が迷いに迷っている間、驚いたことに他にもオーケストラからの打診があった。そちらはソロ奏者をメインに、定期演奏会への参加を呼びかけるものだった。

即答できずに連絡を先延ばしさせてもらったが、以前の律ならその気がなければすぐに断ったはずだった。

ということは、律の本心は――。

結果的に当日にフライトをキャンセルし、その五日後、コンサートに出かけた。

律が在団していたころはまだ建設中だったホールが、現在では帝都フィルハーモニーの本拠地となっていた。

三階までを含めて千六百席がほぼ満席なのは、プログラムが初心者にもとっつきやすいチャイコフスキーのバレエ組曲だということもあるだろう。

タクトを振ったのは海外の有名指揮者で、持ち味でもあるダイナミックな指示が、楽曲をいっそうドラマティックなものに仕上げていた。

自然と律が注目したのはやはりチェロで、世間的には因縁の相手ということになるのだろう太田がいた。

十歳近くも年下の律が鳴り物入りで入団し、しかもコンチェルトの独奏者に駆り出され、その評価がよければ、面白いはずもない。当時の太田は律に対してライバル心剝き出しで、よほど集中してレッスンしていたのだろう、数日ぶりに演奏を耳にしたりすると、その上達ぶりに驚くこともあった。

しかし今日の太田は、小ぎれいにまとまっていた。なんというか、熱量不足のような、面白みに欠けるような。指揮に対して、律が思い描く演奏よりももの足りなさを感じて、はぐらかされるような惜しさを覚える。

吉原が言っていたのは、これかと思った。たぶん太田は、競う相手や自分を刺激してくれる存在がいて、発奮するタイプなのだろう。

……まあ、奴のために動くつもりも、そんな義理もないけど。

それでも幕が下りたときには、律は久しぶりの生オーケストラの音を全身に浴びて、高揚していた。できることなら今すぐステージに上がって、オーケストラの一音として演奏したいくらいだ。

興奮冷めやらないまま席を立ち、ふわふわした足取りで出口に向かいながら、この数日の流れを振り返る。すべてがタイミングを合わせたように動き出しているのは、今が潮時だということなのではないだろうか。

自分にはまだ音楽の世界がある。エルノが律の前を去って、海に帰って本来の世界で暮らしても、ひとりきりで残されるわけではない。

まだ律を迎えてくれる場所があって、自分もまたそれを望んでいるなら、音楽という人間の世界で生きていける。

もちろん今だってエルノを愛している。その気持ちは変わらないし、日々大きくなっていくらいだ。だからこそ、エルノが離れたいと思ったときには、手放さなければならない。

自分の望みより、エルノを優先する。つらくても悲しくても、そうしたい。

そんなに好きって、すごい大恋愛じゃないか？　なんだよ、人生の目標なのに、あっさり達成しちゃったじゃないか。

人魚姫と王子は悲恋で終わったのだから、これが行き着く流れというものなのかもしれない。

まあ、人魚じゃなくてシャチだったけど。それに一応、恋愛は成就《じょうじゅ》したし。

ホールを出ると、妙に人の流れが滞っている一か所があった。全体に駅方面へ進む人波が、そこだけゆっくりになり、立ち止まっている者もいる。

ホール前はペデストリアンデッキ《高架歩道》になっていて、ベンチなども据えられているが、ソワレ終了後の時間だから、皆のんびりせずに帰路につく。

はしゃぐ様子の若い女性や、スマートフォンのカメラを向ける者の様子に、芸能人でもいるのかと律は歩きながら視線を向けた。

……ええっ⁉

街灯を背に立っているのは、長身の外国人だった。明かりを浴びてキラキラときらめくプラチナブロンドの長い髪が、かすかな風に揺れている。白いシャツに暗色のスーツというシンプルな格好が、彼という素材のよさを引き立てていた。

律は立ち止まって呆然としながらも、それがエルノだと信じられずにいた。律が知るエルノは、Tシャツやタンクトップにデニムやハーフパンツという極めて軽装か一糸まとわずで、ドレスアップした姿など想像がつかない。

そもそもエルノはラナイ島にいるのだ。シャチがどうやって飛行機に乗る？　パスポートだってないだろう。

律がこの時間ここにいることだって、エルノは知らない。連絡の取りようがなかったから、フライトをキャンセルしたことも知らない。

きっとエルノによく似たモデルか誰かに違いない。絶世のイケメンは、だいたいあんな造作になるものなのだ。

そうでなければ、律の妄想だ。あまりにもエルノのことを好きすぎて、別れを想像したつらさが幻影を見せているのだ。

ふと男がもたれていた街灯から背を離し、視線を律に据えた。淡い色の瞳がきらめいて、律は心臓を摑まれたような気がした。

「リツ！」

まっしぐらに駆け寄る男——エルノに、律を残して人波が引いた。エルノは立ち尽くす律の腕を引いて、人目を避けるかのようにペデストリアンデッキの手すりのほうへ向かった。

「……ちょっ、ちょっと待って……！」

どうにか声を上げた律は、振り返ったエルノに思いきりハグされて息を吞む。本物だ。触れ合って確信するのもどうかと思うが、それくらい毎日のように抱き合ってきた。

顔を上げた律は、シルバーグレーの双眸の輝きに、胸が痛くなるような懐かしさと恋しさを感じた。

「なんで……？　なんでいるの!?」

「リツに会いたかったから」

相も変わらずエルノは即答だ。嘘はつかないし、取り繕うこともしないから、ストレートに真実が返ってくる。

律に会いたいと思ってくれていたのだ。それは嬉しいが——。

「どうやって⁉　飛行機は無理だろ？」

「泳いできた」

「おっ……」

ハワイから日本まで？　と律は絶句する。たしか六千キロはあるはずだ。

「何キロあると思ってんだよ……途中でもしものことがあったら……」

怒るよりも恐ろしくなって、声から力が抜けた。よく無事に着いたものだ。

「うん、四日かかっちゃった」

「……もしかして、その間ほとんど寝てないんじゃないか？」

どう考えてもフル稼働しないと四日は無理だろうと、律は青くなる。

「寝る暇があったら、少しでも早くリツに会いたかったんだよ。全然平気。リツの顔見たら元気出た」

事もなげに笑うエルノに、律は胸がいっぱいになって、自分からしがみつくように抱きついた。


自宅マンションにエルノを連れて帰ると、エルノは珍しそうに室内を見回した。

「ここもリツの家なのか。施設みたいだな」

施設ってなんだと思いながらも、律は口を開く元気もなく、ソファに倒れ込んだ。なにしろ帰り着くまでが大変だったのだ。電車に乗ろうとしたら、駅に着いた段階でおのぼりさんどころではない興味の示し方で、改札を通るだけで大騒ぎだった。

『リツ！　リツ、入れない！　ガードがじゃまする！　待って、リツ！　置いてかないでーっ！』

『なんか来る、なんか来るよリッ！　逃げたほうがいい！　俺に摑まって！　うわあっ、飛ばされるぅっ……！』

ホームに電車が入ってきたら思いきりビビるし、車内では矢継ぎ早に質問を浴びせてくる。

『なに、この電飾？　えっ、何時に着くかわかるの？　こんなに停まるの？　たった二分？　あっ、表示が変わった！』

日本人と変わらないレベルで喋るのに、内容はどこの未開の地からやってきたのかというようなことばかりで、周囲の視線にいたたまれなくなった律は、次の駅で電車を降り、タクシーでマンションへ向かった。もちろんタクシーの中でも、街並みや道路事情などに関する問いかけが止まらず、たびたびドライバーが我慢できずに吹き出していた。

「あっちの家よりだいぶ狭いね。バスもちっちゃかった。あ、でも景色はいいな——うわあ、あのキラキラしてるのなに？　夜光虫？　えっ、明かりなのか⁉」

あちこちのドアを開けて覗き込み、窓からの夜景に感嘆するエルノを、律はソファに座り直して手招きした。

「どうした？　疲れてるな」

隣に座ったエルノは、律の頭を撫でてくる。

「いろいろ訊きたいことがあるんだけど、まずは無事に会えてよかったよ。お疲れさま」

「リツが予定の日に帰ってこなかったから」

「ああ、ごめん。急に今日のコンサートに行くことになって、飛行機キャンセルしたんだ。気にしてるかなと思ったんだけど、連絡のしようもなくて。でも、だからって泳いでくるなんて、むちゃするなよ」

「もう会えないのかと思ったんだ」

その言葉に、律ははっとしてエルノを見つめる。真剣な眼差しが見返していた。

「そんなの嫌だから」

そうだ。今のエルノは、律を愛してくれている。日本まで自力で泳いできてしまうくらいに。

今は――。

律は目を伏せた。

「帰るつもりだったよ。でも、そんなに心配しなくても、エルノには仲間だっているじゃないか。俺が留守の間は、そっちで楽しくやってるんだと思ってた」

ちょっと嫌みっぽくなってしまったかと思ったけれど、実際そんなところだろうと想像していたのだ。

「それとこれとは違う。俺はリツと新しいポッドを作るつもりで――」

「え？　ちょっと話が飛躍してないか？　ポッドって群れだろ？　お母さんシャチ中心の」

以前聞いたことがある。メスは子どもを作って新しい群れを作るけれど、オスのシャチは母親のポッドの中でずっと生活するらしい。

「子どもも作れないのに、俺とエルノでどうやってポッドを作るんだよ？　それ以前に、人間の俺には無理だろ」

いっそ自分もシャチだったら、エルノと同じ世界に住み続けられたのにと、せつない気持ちが込み上げてきた。

「産んでよ、俺とリツの子ども」

「エルノ、そういう冗談を聞く気分じゃないんだ」

律がエルノを押し返そうとすると、その手を強く握られた。

「冗談なんて言ってない。俺が進化種だって知ってるよな？」

それがどうしたと怪訝《けげん》に思って見返す律に、エルノは驚くべきことを伝えた。

近年、世界各地で絶滅危惧種を中心に誕生している進化種と呼ばれる個体には、大きな特徴がいくつかあった。

まず、幼獣期に人の姿に変化できるようになる。陸上生物は本来の耳や尻尾などを残したまま変化することが多いが、海洋生物の場合二段階の変化があるのは、以前にも聞いた。

この変化は本来の動物としての寿命年数を経るころに終了し、余生を完全な人の姿で生きることになる。そこで手を貸すのが保護研究機関で、人間としての新たな戸籍やプロフィールを用意してくれる。リタイヤと呼ばれるそのタイミングは、人間としてだいたい三十代で始まる。

また進化種は、同性間や人間との間にも二世を作ることが可能だった。つまり、人間の男である律でも、エルノとの子どもが持てる。

絶滅危惧種の中から進化種が生まれることを考えれば、生命のルール無視のこの特徴も、危機脱却の手段と考えられなくもないが、驚くべき事実だ。

言葉もなく呆然としている律の手を、エルノは自分の唇に押し当てた。

「俺は今のポッドにいるより、リツと一緒がいい」

「そんなこと言って……エルノだけだよ、人間の男と一緒になるのなんて。他のシャチはみんな、ふつうに男女でつがいになって、仲間と暮らすんだよ」

思いとどまらせるような言葉を口にしながらも、律はエルノの手を握り返していた。

……だって、知ってる。今がいちばん盛り上がってるときで、エルノは俺を第一に考えてるんだろうけど、変わるかもしれないじゃないか。それが自然だ。

それでも、律もまたエルノがいちばん好きだから、このままでいたい。しかしこの先エルノの気持ちが変わったらと考えると、もう二度と立ち直れない予感がする。

それなのに……この手を離せない。離したくない。

「なにを心配してるんだよ。おかしなリッだな」

エルノは額を押しつけてきて、人を惑わすようなシルバーグレーの瞳で間近から見つめる。

「一緒にいるためなら、ポッドにはもう帰らない。リツから離れられない。なんなら二度と海に入れなくてもいい」

「なっ……」

エルノは事もなげに言ったけれど、律はぎょっとした。

「海にいないシャチなんて聞いたことないよ！　命に関わるかもしれない」

「シャワーとバスで我慢する。あ、プールもあればいいな」

「そんなこと頼んでない！」

エルノの胸板を叩く律の両手がしっかりと摑まれた。

「じゃあ、なんて言えば信じてくれる？　俺はほんとになんにもいらないんだよ。リツさえいてくれればいい」

胸が痛い。苦しい。エルノの負担にはなりたくないのに、エルノの求愛がこんなにも嬉しい。

「えっ、リツ、なんで泣いてるの？」

「……エルノが俺をずっと好きでいてくれるって……それが信じられて嬉しいんだ……」

狼狽えた表情が、一瞬にして笑顔になった。

「そうか、よかった。でもリツ、嬉しいときには笑うんだよ」

エルノは顔を近づけると、律の頬を舌先で拭った。

「海の味がする」

相変わらずのエルノに、律の唇も緩んだ。並んでソファに座り直し、律はエルノの肩に頭をもたせかけた。

「やっと信じてもらえた。もう離れないからね」

「うん……」

今にして思えば、どうしてあんなに頑なに別れを想像していたのだろう。エルノの存在があまりにも大きくなりすぎていたし、しかし自分たちはシャチと人間で、常識的に考えたら長続きするとは思えなかった。

それでもエルノへの想いが変わりそうになくて、いつか訪れる別離に恐々としていた。

離れた後に未練が残るのは、もう嫌だった。オーケストラに関しては再出発の可能性が見えてきたけれど、世の中はうまくいくほうが稀《まれ》で、ことエルノに関しては別れた後は絶望的にしか思えなかった。

しかし、エルノという存在からして常識外で、その彼と愛を育めたのがすでに稀有《けう》なことだったのだ。これはもう運命といってもいい。

しがない人間である律の思考や感覚などで測れるものではなく、シャチが描いた水流のように、ただ流され、巻き込まれ、ついていくしかない。彼を信じて。

「たしかにかなり悲観的になってたと、自分でも思う」

元来、執着が薄い質《たち》だ。人間関係に波風が立つような、強い感情表現も苦手だ。その自分が、エルノを失うことに関しては、ピリピリと神経を尖らせ、悪いほうにばかり想像を膨らませていた。

それくらい、エルノを愛しちゃってたってことか……。

結論に、自分で照れてしまって、呻きながら膝に顔を埋めた。

「あ、それってもしかして――」

エルノの声がして、言い当てられてこれ以上恥ずかしくなるのは耐えきれず、思わず自分から暴露してしまう。

「そうだよ！　エルノを愛してるから、いろいろ考えちゃったんだよ」

エルノは目を見開き、立ち上がると律に迫ってきた。

「愛！　そうだな、俺たちは好きより愛してるだ！　そうか、愛してるってこう使うんだな。リツ、すごく愛してる！」

エルノは律をソファからすくい上げると、リビングのドアへ向かった。

「あれ？　ねえ、ベッドルームはどこ？」

愛しているという言葉が予想以上に胸に来て、ときめきと照れくささに頬を熱くしていた律は、変わらないエルノに笑った。

「そっち。右のドア」

寝室はベッドの他に、巨大なスピーカーを持つステレオとレコードラックが幅を利かせている。チェリスト時代の律はここで曲を聴き、練習もしていたので、防音対策も完備している。

エルノは驚いたようにそれらを見ていたが、すぐにベッドに向き直った。律をそっとシーツの上に下ろすと、自分は立ったままジャケットを脱ぎ捨て、シャツのボタンを外し始める。

「なんか……カッコいいんですけど」

いつもTシャツやハーフパンツをぺろっと脱ぐだけか、すでに全裸という感じだったので、見た目に新鮮だ。超イケメンのエルノだけに、まるで映画のワンシーンのようだ。

そういえば、この服はどうしたのだろう。海から上がって人の姿になったと同時に、日本仕様の服装になるのだろうか。

そうだ、それだけじゃない。どうしてあの場所と時間がわかったんだ？

「ねえ、エルノ――」

「カッコいい？　リツもすぐカッコよくしてあげる」

下着まで脱いで全裸になったエルノは、隣に寝そべって律の服に手をかけた。

「いや、そういう意味じゃなくて」

「めんどくさいな、これ。Tシャツのほうが好き」

律もシャツにジャケットとパンツという同じような服装だったので、ボタンを外すのを手間取っている。焦れたのか、半分ほど外したところで、シャツの前を大きく開き、乳首に触れてきた。

「あっ……」

予想以上の快感に、律は仰け反って声を上げる。乳首はすでに硬く尖っていて、心なしかふだんよりも膨らみが大きい。それもこれも、互いの気持ちを再確認し合えた安堵と喜びからなのだろうか。

「リツ、可愛い」

エルノは身を乗り出して、律の唇を奪った。舌が触れ合ったと感じた瞬間、頭がくらくらする。かれこれ十日ぶりのキスになるが、こんなにも恋しかったのかと驚く。いや、もちろんエルノへの想いは増す一方だったけれど、身体まで彼を求めていたとは。

そんな自覚が、律を駆り立てた。自分からも舌を絡めて、エルノの身体をまさぐる。太腿《ふともも》に触れる感覚で、エルノが猛《たけ》っているのは知っていたけれど、指で触れていっそう希求が募った。

「……んっ、……ああっ……」

お返しのようにつままれた乳首を捻られ、悦びのあまりかぶりを振った拍子に唇が離れる。

「すごいね、リツ。こっちもしてあげる」

反対の乳首に吸いつかれ、ベルトを外され下着ごと引き下ろされたパンツを、律は身悶えしながらずり落とした。

「……ねえ、これも——あ、あっ……」

シャツとジャケットがじゃまでしかたがない。もっとエルノと直に触れ合いたい。

「自分で脱いで。俺はこっち」

手を屹立から離させると、エルノは律の脚の間に身体を下げた。

「やだ、俺もする」

「うん、服脱いでからね」

もどかしい思いでシャツのボタンを外していると、下肢に蕩けるような刺激が走った。エルノの口に含まれて、柔らかく吸われる。

「やだっ、しないで！　出ちゃう——あっ……ん、……」

どうにかボタンを全部外して、シャツとジャケットを脱ぎ捨てようとしていた律は、腰を震わせて喘いだ。

口でされるのは初めてではない。毎回必ずといっていいほどなのに、今日はどうしてこんなに感じてしまうのだろう。

愛ってすごい——なんて言ってる場合じゃない！

「マジで！　俺だけなんてやだから！　あっ、あっ……一緒に——」

「だいじょうぶだいじょうぶ、ちゃんと俺も同じだけいかせてもらうから」

亀頭を指先で擽りながら幹を舐め上げて、エルノは笑みを浮かべた。

「同じだけって、いつも俺のほうが多い——ひゃっ……」

「じゃあ、こっちにしようかな。ああでも、リツはこっちのほうがよかったりして」

太腿の裏を押し上げられ、尻が浮く。あっと思ったときには、甘美な刺激に襲われていた。あまりにもよすぎて、声も出ない。宙に浮いた爪先が震える。

後孔を舌で玩弄されて、快感はさらに高まる。ぬめぬめと滑る舌先が、ともすれば窄《すぼ》まりに埋没しそうで――。

「なにっ⁉　なんか塗った？」

常識的に考えれば、ここは律の寝室で、初めて訪れたエルノがなにかを準備していたとも思えない。もちろん律もそういったものは常備していない。

しかし、舐められただけの感触とは思えないのだ。

「なにもしてないよ。リツだろ」

舌を離したエルノは、指で後孔を弄びながら答えた。

「俺が？　俺がなにを――」

「リツが濡れてる。ほら、また溢れてきた」

指がなめらかに潜り込んできて、ぬめった音を響かせた。その感触とエルノの言葉に、律は頭を殴られたような衝撃を覚える。

「……そんな……」

嘘だ、と言いたいところだが、エルノは嘘をつかないし、現状はどう考えても律が自ら濡れていると判断するしかなさそうだった。

「こんなにじゃなかったけど、前からそんな感じだったよ。進化種とペアになると、人間もそれに合わせて機能が変わるって聞いてたけど……愛ってすごいね」

それで済ませていいのか？　人間の男としては、ありえない状態なんだけど……。

エルノとの間で子作りが可能だと知ったときも衝撃だったけれど、それよりもショックが大きいのは、子どもは不確定要素でまだ現実味がないからだろうか。しかし、こっちは進行形の出来事だ。

「リツはすぐ悩むからな。身体は望むように変わるって考えたら？」

エルノが律に会いに行こうと必死に願って、人の姿を得たように？　律もエルノと愛し合いたいから、こうなっているのだろうか。

「あああっ、そんな強く——んっ、あっ」

長い指に弱い場所を探られて、律は恥ずかしいほど腰を揺らした。内壁がはしたなく指を締めつける。

「リツ……俺を欲しがってる……」

エルノが手を伸ばして、腫《は》れたように膨らんでいる乳首を指の腹で撫でた。上も下も感じすぎて、でももっと感じたくてもどかしくて、どうにかなってしまいそうだ。

「……そう、だよっ……」

律はエルノの髪を摑んで、引き寄せた。自分からも頭を起こして、エルノに嚙みつくようなキスをする。

「愛してるんだから、当たり前だろ？　エルノは？　エルノは俺が欲しくないのか？」

銀灰色の瞳が焔立《ほむらた》つように揺れた。その美しさと、奥に潜む情欲を感じ取って、律は激しく昂る。

「欲しいよ。何日離れてたと思ってるんだ」

指が引き抜かれて、空隙《くうげき》をせつなく感じるいとまもなく、エルノの重みがのしかかってきた。熟れたそこに押しつけられた肉塊が、律を侵食していく。

「ああっ……」

「すごい、リツ……呑み込まれてくみたいだ」

エルノの表現は大げさでなく、自分の中が淫らにうねってエルノにまとわりつくのを、律も感じていた。

律は両手でエルノにしがみつく。

「……も、っと……」

「うん」

背中を抱かれて腰が浮き、それでも足りなくて、律はエルノの腰に両脚を絡ませた。

「……そんなことして、手加減できなくなるよ」

次の瞬間、律の身体は浮き上がっていた。正確には抱き起こされ、跪座《きざ》のエルノの膝に乗った体勢になっていた。これ以上はないくらいに怒張を呑み込んで、律は仰け反って喘ぐ。逃げようにも脚を抱えられているので、腰をわずかに揺らすことしかできない。それは自分を刺激するだけだった。

「気持ちよさそう。でも、もっと気持ちよくなろう、一緒に」

見かけ以上に力があるエルノに、律は上下に揺さぶられた。抜け落ちてしまうのではないかと思うほど引き抜かれ、次にそれをすべて埋め込まれて、媚肉が余すところなく擦られる。一瞬も息がつけない快楽を送り込まれて、律は髪を振り乱してよがった。

「リツが弾くチェロの音も好きだけど、リツの声がもっと好き。もっと聞かせて」

嬌声《きょうせい》を上げていると指摘されたようで恥ずかしかったけれど、止められない。防音を施した部屋でよかったと、頭の片隅で思った。

「あっ、ああっ、……全部気持ちい……っ……」

「うん、俺の形してるからね」

「ばっ、か……、そういうこと言う——んっ、あ……や、いく……、出る——」

眩暈がするような絶頂を味わい、大きく揺れた律は、その動きでさらに高みへと連れていかれた。射精しても、エルノを食む肉の蠢《ぎょうが》きが止まらない。

身悶える間に体勢が変わって、仰臥《ぎょうが》したエルノに跨《また》がらされていた。掻き回すように突き上げられて、たちまち新たな波に攫《さら》われる。

「やだ、またっ……」

あられもなく己のものを握りしめた律に、エルノは手を重ねてきた。唆《そそのか》すように動かされて、律は激しくかぶりを振る。

「やだ、俺ばっかり――」

「そういうつもりじゃないんだけど。リツのいく顔好きだし、見てたいから。じゃあ、一緒にいく？」

余裕のある言動が悔しい。エルノにももっと夢中になってほしい。

「俺も……っ、見ててやる、からっ……」

ともすれば閉じてしまいそうになる両目に力を入れてエルノを見下ろした律は、さらなる情欲に見舞われた。律を見上げるエルノの色っぽさに、熱が上がる。少し眇《すが》めた目に、快感をコントロールしようとする意志と、それが流されそうになっている葛藤が感じられた。

余裕があると思っていたのは、律の勘違いだったのかもしれない。エルノの言葉どおりで、加えるなら己の快楽を貪るよりも、律を悦ばせるのを優先していたのだろう。

小さな意地がふっと消えて、代わりに愛しさがまた積み上げられる。せめてエルノを感じさせたいと腰を揺らした律だったが、前を握られていたこともあって、すぐに自分が上りつめてしまった。

悦びの声を上げる律の下で、エルノもまた欲望を解き放つのを感じた。身体の奥に熱い飛沫《ひまつ》を浴びせられ、歓喜が揺り返してくる。

身を震わせながら倒れ込んだ律に、エルノはまた律動を刻み始めた。厚い胸板の上で身を捩るが、力が入らなくてなすがままに揺らされる。

「ちょっ……また？　あ、あっ……」

「リツとなら何度でもしたい」


空が白み始めたころ、ようやく律は解放された。

「十日分って多いな……」

掠れ声で呟くと、ミネラルウォーターのボトルを手に戻ってきたエルノが、汗で湿った律の髪を撫でた。

「そんなに回収してない。いいとこ半分だろ」

その言葉にげっそりした律をエルノは抱き起こして、キャップを取ったボトルを口元に運んでくれる。冷たい水が喉から胃へと流れ落ちていく感覚に、ようやく人心地がついた。

「エルノの体力にはつきあえないよ。ほんとに泳いできた後なの？」

「今朝着いて、施設に行ってたんだ。知ってる？　武蔵野動物園《むさしのどうぶつえん》」

もちろん律も知っている。都内で一二を争う規模の動物園だ。

「子どものころに行ったことはあるけど——あ、まさかそこも？」

世界各国に進化種のための保護研究機関があって、動物園や牧場などと併設しているところもあると聞いた。

「日本だとそこが中心なんだって。機関の偉い人がいるらしい」

「へえ……」

律の顔を見て、エルノは首を傾げた。

「なに？」

「いや、もう機関とはやり取りしてないのかと思ってたから。そうでもないんだ？」

「オアフ島の施設のスタッフとは、定期的に連絡とってたよ。まあ、ずっと海から出られなかったから、向こうが来てたけど」

予定の日に律が帰ってこなかったので、エルノはオアフ島の施設に駆け込み、律を探しに今から日本へ向かうと告げて、受け入れ先に連絡を頼んだらしい。その受け入れ先というのが、武蔵野動物園だった。

「……よくOKしてくれたね。貴重な進化種なのに」

それほどすごい機関なら、シャチを施設内に保護することだって簡単にできそうだ。それをせずに、エルノを海に帰したことからして疑問ではある。

「すべては進化種のために、っていうのがモットーらしい。だから、今回はそれを利用させてもらった。リツのことを話して、日本でも捜索してくれるように。すごい張り切ってたよ」

ふんふんと聞いていた律は、ぎょっとして目を剝いた。

「……それってもしかして……言っちゃったの？　つまり、俺との関係……とか……」

「それがいちばん効果あるし、事実だし」

「ええーっ、……どうしよう……」

うちの大事な進化種ちゃんに、どこの馬の骨ともわからない男が――ってならないのか、ペアリング可能だから。

「なんだよ？　言っちゃだめなのか？　ずっと一緒にいるって約束したのに？」

エルノから少しだけ不機嫌な匂いを感じて、律は慌てて否定した。

「違うって。俺の気持ちに変わりはないけど、機関側としてはどうなのかと思ってさ……人間の男よりは、できれば同じシャチのメスがよかったんじゃないかな……」

「機関は関係ないだろ。俺はリツがいいんだよ。リツじゃなきゃ嫌だ」

まっすぐに見つめられてそんなふうに言われると、やはり嬉しくてときめいてしまう。ついでになんとなくムラムラしてしまう。あんなにやりまくって、疲労困憊《ひろうこんぱい》だったのに。

「まあ、心配無用なくらい喜んでたよ。進化種が伴侶を見つけるのが、あいつらがいちばん嬉しいことだから」

気にしていてもしかたがないので、律はエルノの言葉に頷いた。万が一反対されたところで、エルノと離れるつもりもない。

　エルノが武蔵野動物園のスタッフと落ち合うと、すでに律の動向はキャッチされていたという。コンサートに出向くこともわかっていて、エルノは着替えをさせられ、閉演時間に合わせてホール前まで送り届けられた。

「あ、やっぱりあの格好じゃなかったんだ……」

　ラナイ島のような服装だったら、悪目立ちしていたことだろう。上陸したときに、ビーチサンダルくらいは履《は》いていたのだろうか。まさか裸足だったとか。

「いつもどおりだったよ。でも待ち合わせはビーチだったし、ギリセーフだろ？」

「今の時期なら、まだサーファーも多いしね。さすがは保護機関、心得てるな」

「あ、そうだ。明日、っていうか今日か、武蔵野動物園に来るように言われてる。パスポートとか作っておくからって」

　お土産でも受け取りに行くような気楽さで言うエルノに、律は驚きの声を上げた。

「パスポートって、エルノの⁉　作るって、偽造じゃないか。そんなのバレたら……」

「戸籍まで作るような連中だよ？　バレるわけない」

　ニヤリとするエルノに、律はぎこちなく頷く。

　そうだった。なにしろ先方は、ＣＩＡも真っ青のテクニックと、得体が知れないほどの力を持つ組織なのだ。

「だいたいパスポートがなきゃ、リツと一緒に飛行機に乗れないじゃないか」

「あ、そうか。泳いで帰るのかと思った」

「それでもリツを連れてくけど、リツが持たないだろ」

「む、無理です……」


ひと眠りして昼過ぎに、律とエルノは武蔵野動物園へ向かった。

バックヤードの応接室に案内され、緊張してソファに座っていると、ノックの後に三十過ぎくらいのスーツを着た男が現れた。

「ようこそ！　会えて嬉しいよ、エルノ。あ、あなたが小山内律さん？　うわ、お会いできるなんて感激です。一度コンサートに行ったことがあるんですよ。あ、申し遅れました。園長の甥で来栖《くるす》未来《みらい》といいます。ふだんは苫小牧《とまこまい》の施設に勤務してるんですが、あいにく園長が海外視察中で、今回の件の代理人となりました」

見た目は端整で落ち着きのある紳士風なのに、こちらが口を開く間も与えずに喋り続ける来栖に、律は圧倒された。

な、なんだ、この人……。

「それにしても美男美男のカップルだねー。エルノは面食い？」

来栖は急に口調が砕けて、初対面とは思えない気安さで、エルノにニヤリとする。

「顔だけじゃない。リツの全部が好きだ」

対するエルノの答えはストレートだ。ふたりきりのときの律に対してだけでなく、他人にも変わらないらしい。

そうだよ。エルノがこんなに正々堂々としてるんだから、俺もちゃんとしなきゃ。

律は居住まいを正す。気分はもう、結婚相手の親に会いに来たようだ。

来栖は満足そうに頷くと、律に視線を移した。

「ここまで来たということは、おおよその事情は承知と思いますが、もう一度進化種と彼らを支援する我々保護研究機関についてお話しします」

ごくりと唾を飲み込んで身を乗り出した律が聞かされたのは、だいたいエルノから聞かされていたことだった。エルノの言葉では曖昧《あいまい》だったり足りなかったりした部分が補完され、律は改めてこの摩訶不思議《まかふしぎ》な進化種という生き物に感心した。

「わかりました。でも、こう言ったらなんですけど、俺はエルノ自身を好きになって、その彼がたまたま進化種だったと思ってます。人間じゃないことはあまり意識してません。もちろんシャチの姿のエルノも好きだし、進化種特有の注意事項があるなら気をつけるつもりです」

律の言葉に、来栖は笑みを浮かべた。

「そう思ってくれるのがいちばんです。注意事項は特にありませんよ。人の姿のときは人と同じように生活できるし、そもそも成熟した進化種はとても丈夫ですから」

結婚の許しを得た気分でほっとしていると、いきなりドアが開いて、白衣を羽織った長身の男が入ってきた。

「先生、ノックもなしに……失礼しました、当施設の獣医師の垣山《かきやま》です。主に進化種を担当しています」

来栖が紹介しても、垣山は挨拶するでもなく律とエルノを見下ろし、銀縁眼鏡の奥で視線を鋭くする。

「ハワイ沖に生息していると聞いたが、移動してきたシャチか？」

「生まれたのは、ノルウェーだよ」

垣山の質問の意味もわからなかったけれど、エルノの答えに律は驚いた。

「ええっ、そうなの？」

どうして垣山はわかったのだろうと思っていると、

「進化種の人の姿は、生まれた場所の人間に近いんです。急に人型に変化したときに、違和感なく紛れられるからではないかと考えられています」

と、来栖が説明してくれた。

「そうか……だから北欧系っぽいんだ」

まあ、向こうでもちょっと見ないような美形なのは間違いない。

垣山は来栖の隣にどっかと座ると、身を乗り出すように膝の上で両手を組んだ。

「こっちのシャチの健康は心配ない。なにしろ四日で日本まで泳いでくるくらいだからな」

「愛されてますねー、小山内さん——って、先生、どこから聞いてたんですか」

冷やかしとツッコミを入れる来栖をまるで無視して、垣山は律に目を据えた。

「問題はあんただ。調子はどうだ？」

「は？　俺……ですか？　べつに……ていうか、なぜ？」

獣医に心配されるって、なんなんだ？　まさか、エッチが激しすぎて気づかわれてるわけじゃないよな……？

初対面の相手に閨房《けいぼう》事情を見抜かれるはずもないのだが、垣山の観察眼は並たいていの鋭さではなさそうで怖い。

「まだ自覚ナシか」

垣山はやれやれといったふうにソファの背にもたれた。

「な、なんですか？　俺、どっか悪いんですか？　もしかしてエルノに移ったり——」

顔色を変える律を、エルノが隣から抱き寄せる。来栖が「あー、もしかして」と手を打った。

「おめでた？　そうだよね、先生」

「おっ⁉」

驚きのあまり腰を浮かした律の前で、垣山は腕を組んで頷いた。

「おめでた？　それって子どもができたってこと？　リッすごい！　やったな！」

背後からエルノに抱きつかれ、律は勢い余ってその膝に腰を落とした。

「エルノ、だめだよ！　マタニティさんは優しく扱って！」

ま、マタニティさんって俺のことか⁉　男なんだけど⁉

「ちょ、ちょっと待ってください。なんで、に……妊娠してるってわかるんですか？　そういうのって、検査薬とかエコーとか——」

いまだに厳密には未婚の若い男でしかない律に詳しいところはわからないけれど、そういった検査を経て診断されるもののはずだ。それが顔を合わせて数分で判断するなんて、ありえない。しかも獣医師が。

しかし垣山はふんぞり返って、得意げに口端を上げた。

「俺を誰だと思ってる。進化種の子どもを身ごもった人間の男を診たのも、一度や二度じゃない」

「自分の奥さんも進化種だもんね」

このふたりには、口を開くたびに度肝を抜かれると、律は驚きを通り越して脱力した。

「リツ？　だいじょうぶか？　おい先生、なんとかしてくれ！　お腹に子どもがいるんだろ？」

垣山が腰を上げるのを見て、律は慌ててエルノの膝から飛び降りた。

「だいじょうぶ！　ちょっとびっくりしただけだから！　母子ともに健康です！」

「ほんとに妊娠してたんだな。もしかして、と思ったけど」

今度はエルノが聞き捨てならないことを言い、律はぎょっとして隣を振り返った。

「知ってたのか⁉　なんで⁉」

「なんでって言われても、もしかしたらそうなのかなってくらいで」

自分の身体のことなのに、律はまったく気づかなかった。というか、想像もしていなかった。

それなのに、エルノは察知していたというのか。しかし、これといって変わったところはないと思う。律のどこを見て、エルノはそう思ったのだろう。

「最近なにかっていうと、悪いほうへ悪いほうへ考えてなかった？　別れる想像とかして、あれこれ先走ったり。ああいうのをマタニティブルーって言うんじゃないか？」

呆然とする律の向かい側で、来栖が「なるほど」と頷いている。

言われてみれば、自分でもおかしいくらい悲観的になっていた。これまでの律だったらあんなふうにはならなかっただろうが、それはエルノを好きになりすぎたからだと思っていた。

「……そういうこと……なの、か……？」

律が呟くと、来栖はエルノに言った。

「そう思ったなら、きみがちゃんと心配を払拭してあげないと」

「やってるよ。もうちゃんと話し合って、ラブラブだから。リツは俺が守るんだ」

危険な目に遭わせない、という言葉を思い出し、エルノなりに注意深く律を見守ってくれていたのだと改めて思った。

エルノと見つめ合っていると、垣山がぼそりと口を開く。

「どうだかな。しょせん童貞を脱したばかりで、子どもも初めてだろう。オリジン《原種》と違って、進化種はマタニティさんへのサポートや、子育ても積極的なのがほとんどだぞ。伴侶が人間の場合はことにそうだ」

「やるってば」

「ええっ⁉」

むっとしたように言い返すエルノに、律は目を瞠る。エルノはそのままの表情で律を見返した。

「なんだよ、律も疑ってるのか？　俺たちの子どもだぞ？　大事にするに決まってる」

「いや、そうじゃなくて……あの、エルノ……初めてだったのか……？」

途中から小声になった律だったが、来栖にもしっかり聞かれていたらしい。さもありなんという顔で頷く。

「わかってますよ、小山内さんの言いたいことは。進化種が性的に優れているのも、外見が魅力的なのと同じく、子孫繁栄が目的だと考えられています」

そう言われても、エルノは最初からすごかった。服を脱いだり脱がせたりは得意ではないようだけれど、焦ったり戸惑ったりすることもなく、己の欲望に突っ走ることもない。

まあ、人の姿になれたのは律と知り合ってからだから、人間を相手にしたのは律が初めてだとしても、それまでにシャチとして経験済みだろうと疑ってもみなかった。

「今さらだけど、エルノっていくつなんだ？」

律の問いに、エルノは眉を寄せ、助けを求めるように来栖たちのほうを見た。

「データによると、ノルウェーのティスフィヨルドでM型で目撃されたのが十一年前。現地の施設で保護してチェックした結果、M型では人間の三、四歳児くらい、シャチでも一歳半から二歳の間くらいだった」

タブレットを操作して読み上げる来栖の横で、垣山が補足する。

「ざっと十二、三歳ってとこだろう。個体差はあるが、十から十五歳くらいで成熟するから、まあ平均的だな。H型の外見とも一致してる」

……そのあたりは納得なんだけど……。

もの言いたげな律に気づいたのか、垣山は肩を竦めた。

「人間の伴侶を見つける奴は、たいていそれまで同種とのペアリング経験がない。なぜかは知らん」

「垣山先生、またしらばっくれて。恋をするからじゃないですか。変化するから人間的な思考も増えて、身体的な衝動よりも心の交流を重視するんでしょう。というか、ときめかないとその気になれないんじゃないかな？」

経験者のくせに、と隣を肘《ひじ》で小突く来栖に、垣山はそっぽを向いてとぼけた。来栖は小さく笑って、律に視線を移す。

「それはともかく、子どもができたとなれば、定期的なチェックを受けてもらうのが望ましいです。陸上生物と違って、海洋生物のデータは圧倒的に少ないので。妊娠期間も十八か月と長いですしね」

「十八か月⁉」

律は声を上げた。人間のように十月十日《とつきとおか》とは考えていなかったけれど、そんなに長いのか。

「大型の動物だからですか？」

「一概にそうとは言えませんけど、まあ、ゾウとかも二年近いですから」

「ちなみにシャチの赤ん坊は、二メートル百五十キロくらいだ」

「にっ……」

ふうっと気が遠くなりかけた律を、エルノが支えて垣山に噛みつく。

「おい、あんた！　医者のくせに脅《おび》えさせるなよ！」

「不可能に決まってるだろ。母体に合わせたサイズで生まれてくる。フォルムからして、陸生よりも安産なんじゃないか？」

律の頭に浮かんだのは、子どもがプールなどで遊んでいるビニール製の魚型のバルーンだった。

「……と、とにかく俺の手には負えなそうだ……せめて生まれるまでは、そちらの助けを借りたほうがいいと思います」

「リツ、心配するな。俺がついてるから」

エルノの腕を摑んで、律は言い聞かせるようにかぶりを振った。

「生まれてくる子どものためだよ。俺たち、実際的なことはなにもわからないじゃないか。もちろんこれから勉強するけど、それでも誰かの助けが必要だ。それは、進化種を第一に考えてくれてる機関の人たちだよ」

納得したのか、エルノも渋々ながら頷いた。

「いやあ、よかった。実はそのへんのところを相談したかったんです。エルノはこれまであまりこちらに関わってこなかったので、海の中で生涯を送るのかと、諦めと期待で見守っていたところでした。それが突然、日本に行くとか人探しを頼むとかでしょう。オアフ島の施設ではエルノがH型に変化したこともそのときに知ったくらいで、大興奮する一方、果たして今後こちらとの繋がりを前向きに考えてくれるのかどうか、気になってたんです。ここはもう、エルノに恩を売るしかないって、小山内さんの捜索やエルノの迎え入れに力が入りました」

来栖の言葉に、律は笑みを返し、エルノを見る。

「ね、俺たちが日本で会えたのも、彼らのおかげだよ。強力な支援者たちだ」

その後、律とエルノはそれぞれ健康診断を行った。

律の身体には、やはり小さな命が芽生えていた。これから一年半近くかけて育て、産み落とすことを考えると、戸惑いと不安が頭をよぎるが、知識と経験を備えたスタッフがついているし、なにより愛するエルノがそばにいる。そして生まれてくるのは自分たちの愛の結晶だと思えば、よくぞ宿ってくれたというものだ。

エルノは動物園内のプールで、シャチ姿まで披露していた。

先に検査を終えた律が駆けつけると、ちょうどプールサイドにエルノが立っているところだった。軽くタイルの床を蹴って飛び込むと、無数の飛沫が次第に大きく広がって、それが消えるころには堂々とした体軀のシャチが、狭そうに水中を泳ぎ出した。

「きれいなシャチだなあ」

「八メートル近いか？　大きいほうだ」

海で見たときよりも大きく見えて、惚れ惚れするような姿だが、やはりエルノには青くどこまでも続く海が似合う。

「……あの、お願いがあります」

律が話しかけると、来栖と垣山が振り返った。

「定期的に、いえ、必要なときには必ず出向かせますから、エルノの生活はこれまでどおりにしてもらえますか？」

「小山内さん――」

来栖は笑顔を見せた。その向こうで垣山も口端を上げている。

「我々は進化種のためにいるんですよ」

緊張して出発ゲートを潜った律だったが、なにひとつ滞りなく機上の人となれた。さすがは保護研究機関が偽造――いや、エルノのために作ったパスポートだ。ご丁寧に、律と同じ日にホノルルを発ったことになっていた。

「すごいね」

囁いた律に、エルノは不満げだ。

「マタニティさんだって言えば、もっといろいろ優遇してくれるんだろ」

「ばっ……、逆に怪しまれるって。どこの世界に男の妊婦がいるんだよ？」

「ここに」

見た目はなんの変化もない律の腹を、エルノは嬉しそうに撫でた。かと思うと急に表情を引き締めて、

「寒くないか？　毛布いる？　あったかい飲み物は？」

と、忙しい。

「平気だよ。飛行機は俺のほうがずっと慣れてる。エルノこそ、怖くない？」

「リツがいるから全然」

来栖の配慮でビジネスクラスのペアシートを手配してもらったので、エルノはもの珍しそうに設備を弄《いじ》り始め、律に訊ねる。

「それは音楽を聴くやつ。クラシックもあるよ」

「音楽はリツが弾くチェロがいい。あ、コンサートどうだった？」

「うん——」

律は授賞式パーティーで吉原に会ったことや、その後コンサートに行くことになった経緯を話して聞かせた。

「やっぱり。リツのチェロは、みんなが聴きたがっても不思議ないよ。オーケストラに戻るの？」

「いや、今は身体がこんな状態だし、まずは無事に出産をすることだけ考える。まあ、生まれたら生まれたで、もっと大変なのが子育てらしいけど。落ち着いて、余裕があったら。ていうか、そのころまでオファーが有効かどうかわからないけど」

律が笑い飛ばすと、エルノがじっと見ていた。

「やりたくないの？」

「えっ……」

聴衆の前で演奏する手応えや喜びの片鱗を、久しぶりに味わって以来、律の中でその感覚を望む気持ちは消えない。ほぼお膳立てされているといってもいい状況で、走り出さずにはいられないというのが正直なところだ。

「そりゃあまあ——」

さすがに嘘は言えなくて、肯定しかけた律の手をエルノが握った。

「やりなよ。今からだっていいよ。俺、協力するから」

「エルノ……でも……」

わかっている、というようにエルノは目を細めて頷いた。

「リツは俺を愛してくれて、伴侶になってくれて、子どもまで作ってくれた。俺だってリツになんでもしてあげたい」

律は胸が苦しくなるほどの嬉しさを感じた。愛している相手の愛情をこんなに感じられて、自分はなんて幸せなのだろう。

「……俺さ、プライベートはずっと花のない人生だと思ってたけど、エルノに会って、いきなりピークが来た感じだよ」

「これからずっとピークだ」

身を乗り出してきたエルノのキスを、律は目を閉じて受け止めた。


律はリビングの定位置でチェロを弾いていた。

来週ホノルルのホールで、帝都フィルハーモニーのコンサートがある。律はゲストとしてソリストを務める予定だった。

半年前、ラナイ島に戻ってきてから、吉原には返事をした。まだ正式に再入団とはいかないが、よければ演奏会にはぜひ参加させてほしいと伝えたのだ。

その後、帝都フィルハーモニーの運営側と話し合い、正式な取り決めをして、今回が初のコンサートとなる。週末には出演メンバーも渡航してきて、リハーサルが始まる。

また、楽曲制作も再開した。先ごろリリースされた日本の男子デュオの新曲は、彼ら自身の人気もあるのだろうが、ヒットチャートに食い込んでいる。

幸いなことに悪阻《つわり》のようなものは感じられず、律は今のうちにと生まれてくる子どものために貯金を殖《ふ》やしている。

進化種と人間の間には必ず動物が生まれてくるが、進化種に成長することが多いらしい。いずれにしても生まれてしばらくはシャチの姿なので、水中での育児となる。

親がそばについていなくて、ちゃんと泳げるのかどうか、ミルクはどうやって飲ませたらいいのか、ふと思って律はパニックになりかけたが、すぐに保護研究機関のスタッフが電話やメールで説明してくれた。ケースバイケースだから、みんなで考えてその子に合った育児をしていこうとも言ってくれた。

進化種だったら、人間の子どものように本人の希望に添いながら教育も与えたい。ふつうのシャチだったら、大きくなるまでは海に養殖場のような網を張り巡らせ、エルノにいずれひとりでも生きていけるシャチに教育してほしい。

そう話したら、エルノは複雑そうな顔をしたので、

『ふつうのシャチなら、それが当然のことだろ。あまり会えない親子になるのは寂しいけど、立派に成長してもらうためだから我慢するよ』

そうつけ加えたのだが、

『いや、ちゃんと毎日顔を出させる。来ないようなら俺が呼びに行く』

と拳を握りしめていた。

でもなんとなく俺みたいなのが生まれてきそうな気がするな、と最近はよく呟いている。野生の勘なのだそうだ。

いまだに律の外見はほとんど変わらない。多少腹回りが増えたかなという程度だ。

変わったというならエルノのほうで、律にチェロの再開を勧めたときに言ったとおり、全面的に律をフォローすべく、パソコン操作を覚え、人間社会の一般常識とハイスクールクラスの学問を勉強し直した。その呑み込みの速さといったら、子どものころからやっていたら、ちょっとした秀才が出来上がったのではないかと思うくらいだ。

律が子どものために稼ぐと宣言したものだから、エルノはさらに自分でも働き口を見つけてきた。ズバ抜けた容姿を最大限に利用して、モデル業に乗り出したのだ。といっても律の仕事のフォ

ローをするのが優先で、外出の際は必ずといっていいほど同行するので、有名メゾンのオファーを受けてもショーの類いには出演しない。主にイメージキャラクターとして広告媒体を騒がせている。

また、水質汚染防止や海洋生物の保護を目的として、プラスティックごみなどの除去活動を行うNPO団体を立ち上げて、指揮を執っている。

突然の社会活動には律も驚いたが、

『故郷は大事にしたいだろ。今、生きてる海の生き物だけじゃなくて、もともとはみんな海から生まれたんだから』

というエルノの言葉に、大いに納得し感動もした。律も協力を惜しまないつもりだ。

おまけにエルノは家事一般にもチャレンジし、炊事洗濯掃除を始めとしてDIYまで手掛ける。律はそういったことが得意ではないというか、やらずに済むように汚さない、物を増やさない方向で暮らしていたのだが、今や家の中は暮らしやすく清潔で、とても居心地がいい。

まあ、居心地がいい理由のほとんどは、エルノがいるからなんだけどね……。

今もバターとハーブの香ばしい匂いが漂ってきて、律はころあいかと弦から弓を離した。音が止まったのに気づいてか、キッチンのほうから声が聞こえる。

「もうすぐできるよー。タラのムニエルとブロッコリーのミモザサラダ、あとオニオンスープ」

「ありがとう、今行く」

律がダイニングテーブルにランチョンマットとカトラリーをセッティングしていると、エルノが湯気の立つ皿を運んできた。

「美味しそう。あれ？　こっちのほうが大きいんじゃない？」

自分のほうに置かれた皿を交換しようとすると、エルノに制された。

「いいんだよ。リツはふたり分」

「いや、それほど育ってないし、無駄に栄養ため込むのも安産の妨げだってよ。だいたい俺と子ども足しても、まだエルノのほうが容量あるから」

「モデルは美容体重死守しないと」

「毎日何十キロも泳いでるじゃないか」

そんなやり取りをしながら、笑顔で食卓を囲む。

ずっと誰かと食事をしたりしなかったし、まともに食卓に着いて食べることも少なかった律だったが、今はひとりで食事なんて考えられない。

この先、もっと賑やかになるのかな？　落ち着いて食べる暇なんてなくなったりして。

「なに笑ってんの？」

エルノに問われて、律は首を振った。

「なんでもない。美味しいね」

場所をリビングのソファに移して、食後のお茶を飲んでいると、チャイムが鳴った。

「誰だろ？」

「いい、俺が出るから」

エルノはインターフォンで応答してから、玄関へ向かった。

来客はまずない。オアフ島の施設から様子を見に来ることはあるが、事前に連絡が入る。たいていは宅配の類いで、今回もそのようだ。

しばらくして、エルノが大きな箱を抱えて戻ってきた。

「エルノ、またなに買ったの？」

「いや、違う。もう一個あるから、ちょっと待って」

エルノはリビングの真ん中に箱を置くと、玄関に引き返した。

「違うって、しょっちゅうエルノの荷物ばかり届くじゃないか。ネットショッピングを覚えちゃったから……」

律は独り言《ひとご》ちて、箱に貼られた送り状を見下ろす。

まあ、エルノが買うものは、ほとんどが律かこれから生まれる子どものものだ。ことにベビー用品は、すっかり一式揃ってしまった。進化種だったとしても、そんなに早く変化するとは限らないのではないか。ほとんどが無駄になってしまう。

律がそう言ったら、

『どうなるかわからないじゃないか。なくて慌てるよりいい。それに、次の子で使うかもしれないし』

と返された。

エルノも子どもの誕生を待ちわびてくれている証拠なので、律も嬉しいのは間違いなく、それ以上はあまり強く言えないのだが。

「あれ……？」

送り主欄を見て目を瞠る律の前に、もうひとつ大きな箱が置かれた。

「クルスってあのクルス？」

「いや、名前が違う。武蔵野動物園の園長のほうじゃないかな？」

園長には会えず、後日お礼のメールを送ったが、仲よく暮らすように、協力は惜しまないという旨の返事に、ホッキョクグマの画像が添えられていた。

「なんだろな？　日本の食べ物とか？」

エルノが箱を破壊せんばかりの勢いで開けると、中には玩具や子供服などが詰まっていた。ガラガラから携帯ゲーム機と対象年齢もさまざま、服もサイズや男女がばらばらで、思いつくままに買い漁ったという感じだ。まるで孫の誕生を楽しみにしている祖父の所業だ。

「……すごいね。気にかけてもらってありがたいけど」

「なっ、子どもが生まれるってのは、みんなが浮かれるもんなんだよ。こっちはなんだ？」

もうひとつの箱からは、絵本や少年少女文学全集といったものが何十冊と出てきた。

「わあ、こんなにたくさんの本、初めて見た……」

「俺もだよ」

律はもともと読書家ではないし、最近は電子書籍で済ませている。紙の印刷物はスコア《総譜》くらいで、それすらタブレットで見ることもあるくらいだ。

しかしいろんな形や装丁の絵本を見ていると、やはり子どもにはこういった形で手にしてほしいと思う。読み聞かせをするにしても、きっとこのほうがいい。

「見て見て、これ！　動く！」

仕掛け絵本を開いたエルノは、子どものようにはしゃいでいる。律とエルノの子が絵本を見ることがなくても、エルノがその分楽しんでくれるから、無駄にはなるまい。

エルノは次から次へと絵本を開いて、ときおり感心するような声を洩らしながら見入っている。エルノ自身にももっと人間の社会や文化を知ってほしいので、本人が積極的に行動しているならじゃまをしないほうがいいと、律はその間に入浴することにした。

湯船に浸かりながら、ふと見回す。

小さいうちなら、ここで一緒にお風呂入れるかな？

赤ん坊シャチと、エルノと、家族で風呂なんて、幸せの象徴みたいで想像するだけでワクワクする。

あ、ていうか、最初にまず一緒にプールじゃないか。

律の場合、生まれてくるのがシャチなので、水中出産が予定されている。最初に聞いたときは男の身で水中出産は難易度が高いとビビったものだが、今はもうなんでもやってやると腹をくっている。

「頑張ろうな」

軽く腹を叩くと、なにかが反応した。

「えっ……？　これって……」

息を潜めてじっとしていると、やはり律の身体の中でなにかが動いている。

「わ……わわ……大変！　エルノ！」

律は慌ててバスルームを飛び出し、なにごとかと駆けつけたエルノと廊下で鉢合わせした。

「どうした、リツ⁉　カニか？　カニが出たのか⁉」

以前、どこから入り込んだのか、バスルームに指先ほどの小さなカニが歩いていたことがあって、律は大騒ぎした。ビーチで見る分にはどうということもないのだが、いると思っていない場所で遭遇すると、やはり驚く。

「ちが、違う！　ほら！」

素っ裸の律が手を摑んで自分の下腹に引き寄せたので、エルノはとたんににんまりした。

「嬉しいな。最近、母体によくないって、二回に一回は拒否られるから。でもリツ、今日は大胆じゃないか。いや、そういうのも大歓迎だけど——」

「ちがーう！　動いたんだよ！」

「え……？　なにっ⁉」

エルノは素早く跪《ひざまず》くと、律の腹に耳を当てた。しかし、そううまくタイミングは合わないもので、しばらくその体勢が続く。客観的に見たら、妙な状況だろうなと思い始めたころ、腹の中がぐるっと動くのを感じた。律があっと思ったのと同時に、エルノも顔を上げる。

「ほんとだ！」

「な、動いただろ！」

「すごい、リツ！　最高だ！」

エルノは律を抱き上げ、いったんパウダールームに引き返してバスローブで包むと、リビングへ向かった。

ソファに座ったエルノの膝に乗せられたまま、律はされるままに髪を拭ってもらう。

「やっとベビーからのアクションがあって、ますます頑張らなきゃって気になってきた。あ、書き足さなきゃ」

エルノの視線が、依然として散らばったままの絵本に向く。

「書き足す？」

律がエルノの視線を辿ると、一冊の絵本のそばにサインペンが転がっていた。

「ちょっとエルノ、せっかく贈ってくれたのに、落書きなんかして」

「落書きじゃないよ」

エルノは律を抱えたまま器用に腕を伸ばして、絵本を拾い上げた。あぶくが浮き上がった静かな水面の絵は、なんの話なのか見当がつかなかったけれど、平仮名で書かれた文章を読んで思い当たる。

「あ、人魚姫?」

しかし、人魚姫が泡となって消えたという最後の文は二重線が引かれ、エルノによって『にんぎょひめはおうじさまとすえながくしあわせにくらしました』と書き換えられていた。

それを見て、律は口元が綻ぶ。

「……そうだね。このほうがいい」

「こうすればもっとよくなる」

エルノは『おうじさまと』の後に『こどもと』と書き加えた。

ワンダフル・パンダフル

A N I D A A N

Presented by Mari Asami with Ryou Mizukane

「じゃあ行ってくるね、一彩《かずさ》。七時には帰るから。それまで寂しいだろうけど、我慢してて」

黒く丸い耳つきのキャップを被ったルークは、自宅の門の外で及川《おいかわ》一彩の手を握りしめてから、迎えの車に乗った。

一彩が行ってらっしゃいと手を振って、リンカーン・コンチネンタルを送り出しても、ルークは幼児のようにリアガラス越しに両手を振っている。

一度それに気づかず門の中に入ってしまったことがあって、帰宅したルークに冷たい、愛が足りないとさんざん恨み言を言われたので、ビバリーキングダムズーへ出勤する朝は、車が見えなくなるまで見送ることにしている。

あーあ、あんな泣きそうな顔して……ほぼ毎朝のことなのに。

愛情の尺度は見送りするかどうかでは測れないと一彩は思うのだが、ルークは違うらしい。常に視線を集めていたいアイドルパンダらしいといえないこともない。

進化種ジャイアントパンダのルークと一彩が出会って恋に落ち、一緒に暮らし始めて半年が過ぎようとしている。その間に一彩がキャラクターデザインを手がけたアニメ映画が公開され、ボーナスをもらった一彩は、同時に次の構想を練るための充電期間として、在宅勤務に切り替わっていた。

でも、なかなかこれが浮かばないんだよなー。

次のストーリーは大まかにいって、姫と騎士のような関係のキャラクターが登場する。動物を当てはめる予定だが、なににするかで大いに迷っている。

『パンダでいいじゃん。それ以外考えられないと思うけど』

とルークは言うけれど、騎士というイメージではないと思うのだ。全員がパンダでもない限り。

「……出てきたついでに、散歩でも行こうかな」

一彩はゲートを施錠して、ビバリーヒルズの街を歩き出した。カリフォルニアのみならずアメリカ全土でも屈指の高級住宅街に、一彩はいまだに慣れない。自分なんかがうろうろしていていいのかと気が引けてしまう。

だからひとりで出かけるのは公園か、せいぜいスーパーマーケットくらいだ。途中、ジューススタンドで飲み物を買い、広い公園の中に入る。芝生が敷き詰められ、背の高い樹木が茂ったこの場所は、ビバリーヒルズの中でもことのほか緑が多い。

ジョギングや犬の散歩をする人々を眺めながら、木陰のベンチに腰を下ろして、いつも持ち歩いているスケッチブックを広げる。

「騎士、ねえ……」

独り言を呟きながら、前回の映画のキャラクターだったパンダに、それっぽいコスチュームを着せて描いてみるが、おかしくて笑ってしまった。

ないない。これはカッコいいっていうのとは違う。たとえば――。

続いて一彩の指が描き出したのは、人の姿をしたルークだった。混じりっ気のない金髪にアクアブルーの王子さま的ビジュアルは、誰をも魅了する。実際、ＤＪやＳＮＳインフルエンサーとして活躍するルークは、人気者だ。

その彼が一彩を選んでくれたことが、いまだに不思議なくらいで、とても嬉しい。鬱陶しいくらいの愛情もけっきょくは嬉しくて、一彩もまた彼をもっともっと愛そうと思う。

「――って、なに描いてんだよ、俺は。こんなにルークばっかり……」

スケッチブックはすでに半分を使ってあって、仕事よりもルークを描いたもののほうが多い。また覗いたルークに「俺のことばかり描いて」とにやけられてしまう。

しょうがないじゃん、好きなんだから！

思いきり音を立ててジュースを飲み干し、プラスティックカップをゴミ箱に捨てた。今日は場所を変えてもだめそうだと、公園を後にする。

帰り道、一彩は匂いに誘われて、ベーカリーでバゲットとテーブルロールを買った。店を出て歩き出したとき、ふと視線を感じたような気がして振り返ったが、なにもなかった。ベーカリーの隣は大型スーパーマーケットで駐車場も広く、人の行き来も多い。

そもそもこの界隈で、知り合いがいるはずもない。いや、人づきあいが下手な一彩だから、アメリカ全体でも知人と呼べる数はわずかだけれど。

歩き出した一彩は、それでもときおり誰かに見られているような気がしたが、気のせいと思い直して歩を進めた。

住宅街に入ったところ、やはり視線を感じて、一彩は意識を背後に向けた。ビバリーヒルズだけに、徒歩の一彩を金持ちの住人と見て、よからぬことを考える輩がつけていないとも限らない。強盗とか誘拐とか。

閑静な通りに、自分のもの以外の足音が聞こえた。一彩の心臓が縮み上がる。

うわ、マジか！

カシャカシャと、アスファルトを引っ掻くような――。

「……え？」

人間の靴音にしては妙だと、立ち止まって背後を振り返ると、十数メートル離れた場所で、大きな犬がこちらを見ていた。一彩はほっとすると同時に、その姿に見惚れる。

キャラクターを考案する際に、いろいろと動物を調べたので、一彩は犬種にもそこそこ詳しくなっていた。ピンと立った耳、細身ながら筋肉質な身体は黒くなめらかな被毛に覆われ、口周りと四肢の先だけが茶色い。おそらくドーベルマンだ。

じっと見つめられると、狙われているのではないかと恐ろしくなるほどだが、賢そうな茶色の目に敵対心は感じられない。

「……え、と……やあ、良い少年！　ひとりで散歩するのか？　あなたの家もこの近くでであるか？　付近さんなのだろうか」

とりあえず英語で話しかけてみたが、一彩の英語が下手すぎるのか、犬は小さく首を傾げた。

「……そうでしょうとも。日常生活でも英語オンリーで通してるのに、いつまで経ってもうまくならないんだよな。きっとルークが甘いせいだ」

とにかく危険はないとわかったので、一彩は自宅を目指した。相変わらず足音が追ってくるが、一彩に近づくつもりはないようなので、たまたま同じ方向に進んでいるだけなのだろう。

リモコンで門を開け、中に入ろうとすると、それまで離れた場所から聞こえていた足音が急に近づいてきた。見ると犬が走り出している。

「わわっ、なにっ⁉」

もしや飼い主の姿でも見つけたのだろうかと、一彩が反対側を振り返っている間に、犬は門の中へと駆け込んだ。

「ええっ⁉　やあ、犬！　だめだよ！　それはあなたの家じゃないですだろ！」

慌てて後を追うと、犬は玄関ドアの前に座って、一彩を振り返っていた。一彩は大きく息をつき、犬と視線を合わせるように腰を落とす。紙袋からはみ出したバゲットに、犬は鼻先を近づけた。それにしてもきれいな犬だ。きっとどこかの家の大切にされているペットだろう。

「あなたは空腹であるか？　でも、この家に入るのはいけません」

返事はクウンという鳴き声で、それを聞いたとたん、一彩は一気に犬に対する好意が跳ね上がった。

「か……可愛い……撫でてもよろしいでしょうか？」

恐る恐る手を伸ばすと、犬は目を細めて顎を反らした。首筋を掻くように撫でてやると、鼻息がピスピスと聞こえる。身体に張りつくような短毛は、見た目どおりになめらかな手触りだ。

犬はレザーの首輪をしていて、プレートに【Adam】と彫られていた。

「アダム……？」

一彩が呼びかけると、答えるようにじっと見つめて、短い尾を忙しなく揺らす。

「アダムは遊びに来てくれたのかな？　でも、うちにはきみの仲間はいないんだよ――あっ、待って！」

アダムはぷいと顔を逸らし、建物に沿うように進んだ。一彩も追いかけるしかなく、後に続く。

裏手は広いテラスになっていて、プールに続いている。その先は芝生が敷き詰められた庭で、敷地を囲むようにヤシの木が並んでいた。アダムは競技前の陸上選手のように庭を見渡すと、一気に駆け出した。

「わ、すご……」

バスケットボールコートより広い芝生の上を、円を描くように走り回る。しなやかな筋肉の動きと俊敏な動作に、一彩は目が離せない。立ち止まっているときや至近距離で見たときも美しい犬だと思ったけれど、疾走する姿は格別だ。

見惚れていたせいか、いつの間にかアダムがこちらに向かってくるのに気づくのが遅れた。

「え？　ええっ⁉」

逃げなければと頭ではわかっているのだが、身体が動かない。飛びかかられる、と思った瞬間、アダムは地を蹴って引き返し、離れたところで立ち止まって一彩を見つめ、急かすようにその場で跳ねた。

「……ええと、誘われてるのかな？」

遊び相手の犬がいないこともあって、客をもてなせていないような気分になり、一彩は走り出した。しかしアダムを追いかけているはずが、あっという間に背後につかれ、飛びつこうとするアダムから逃げる格好になる。

「……む、無理……もう無理っ……」

数分で一彩は音を上げ、芝生に足を取られて転がった。アダムが周りを駆け回って催促するが、もう起き上がれない。

「相手にならなくて申しわけない。運動は苦手なんだよ」

アダムが舌を垂らしてハアハアしているのに気づき、一彩はどうにか立ち上り、テラスに向かった。アダムもとことことついてくる。テラスにはバーベキューの設備もあるので、一彩は適当な器に水を注いで、アダムの前に置いた。しぶきを跳ね上げて水を飲むアダムを見ながら、テラスのドアを解錠して室内に入る。キッチンで冷蔵庫からミネラルウォーターのボトルを取り出してリビングに引き返すと、ソファの足元にアダムが伏せていた。

「あれっ、入ってきちゃったのか？　それはどうかと思うよ。遊んだし、そろそろ帰らない？」

そう語りかけてみるが、アダムは前肢の間に顔を埋めて、上目づかいに一彩を見返している。ずっと日本語で話しかけているからわからないのかもしれないけれど、いや、絶対にニュアンスはくみ取っている気がする、それでいてきっと無視しているのだ。

「困るんだよなー。俺も居候《いそうろう》みたいなもんだから。この家には、べつにご主人さまがいるんだよ。俺の勝手にはできないんだ。あ、もしかしてお腹空いてる?」

一彩はキッチンで、買ってきたパンにハムと野菜を挟んでサンドイッチを作り、ひとかけらをアダムの鼻先に置いてみた。しかし匂いを嗅いだだけで、口にしようとはしない。

「他に食べるものはないよ。きみが好きなドッグフードはないから、食べたいならおうちに帰りなよ」

アダムは一向に無反応で、一彩が食事を終えてもそのままだった。その姿を見ているうちに、一彩は我知らずスケッチブックを開き、アダムを描き始める。

人間だったらきっとイケメンだよな。長身の細マッチョで、浅黒くて、レンジャー部隊みたいな——。

「一彩、ただいまー! 寂しかった? 俺もだよ!」

ふいに賑やかな声がして、一彩ははっとして我に返った。夢中になりすぎて時間を忘れていたらしい。最新式の家は人感センサーで照明や空調も稼働するので、日が暮れていたのにも気づかなかった。

いや、そんなことより――。

足元を見るまでもなく、まだアダムがそこにいる。それはそうだ、今しがたまでスケッチをしていたのだから。そしてルークの足音が近づいてくる。

「一彩、会いたかった！」

リビングの入り口で両手を広げたルークは、戸惑う一彩とその足元に伏せた犬を見て、大きく仰け反った。

「うわあっ、なに⁉　その犬！」

「あああ、ごめん！　なぜなのか後をつけてきて……追い払おうと試みたものの、彼はとどまってる。それでスケッチしてたら、いつの間にかこのような時間で……」

ルークは一彩と犬を見比べて、小さくため息をついた。スケッチブックを手にすると一彩が時間を忘れるのは知っているので、それについては不問だった。

ふだんよりもずっとおとなしく歩いてくると、アダムの手前で立ち止まった。すでにキャップを脱いでいるので、丸く黒い耳が後ろに伏せているのが見える。顔には出さないけれど、緊張しているようだ。

「進化種じゃないみたいだな」

「どうして理解してるの？」

「なんとなくね」

ルークが手を伸ばすと、アダムは匂いを嗅ぐように鼻先を近づけ、低く唸った。ルークがびくりとして手を引っ込める。

「あっ、彼の名前はアダムらしいよ！」

ヤバげな雰囲気を吹き飛ばそうと、一彩は明るく言ってみるが、ルークは眉をひそめて無傷の手をさすった。

「近所の犬？」

「さあ……」

「さあって、一彩。素性のわからない奴を連れ込むなんて、ひとりでなにかあったらどうするんだよ？」

ルークの言い方はまるで一彩が人間の男を家に入れたようで、思わず一彩も言い返す。

「だから彼が勝手に侵入してきたのです。それにあなたが悩まなくても、彼は非常に行儀がいいよ。家に入ってからはほとんど動かず——あ、おしっこは？　する？」

一彩がテラスに面したガラス戸を開けると、アダムは立ち上がった。改めてその大きさにビビったように後ずさるルークを尻目に、すたすたと外に行く。

アダムがテラスを下りて芝生に向かったのを見て、ルークはガラス戸に駆け寄ると思いきりそれを閉めた。

「ルーク！」

鍵までかけようとするのを、一彩は駆け寄って止めた。

「お願いですからやめてください！」

「入れなきゃ帰るだろ」

「もう夜だよ。それに帰るなら、もっと早く帰ったと思う。彼は家を理解しなくなってる——そう、迷子だ！　彼は迷子になったんじゃないかな？」

ルークは疑わしそうに、外に目をやった。

「明日、動物病院とかスーパーとかで、迷子情報があるだろうかと訊いてみるから。とにかく今夜は泊めてあげようよ。お願い」

ルークは迷うそぶりを見せたが、プリーズを連呼する一彩に、降参したというように両手を上げた。

「一彩のお願いじゃ、聞かないわけにはいかない」

「ありがとう！」

一彩が抱きつくと、ルークは一転してやに下がり、熱烈なハグを返してくる。

「一彩は優しいな」

「あ、おかえりルーク」

「ただいま」

キスを交していると、ガラス戸がどんと叩かれる。アダムが後肢で立ち上がって、ガラスを掻くのを見て、一彩はいそいそと戸を開けた。

「アダム、お泊まりの許可が下りたよ。家主さんに挨拶して」

賢いアダムは空気を読んで、ルークの前に座ると短い尻尾を振った。


翌朝、ルークを見送った一彩は、ビバリーヒルズ近郊の動物病院やペット関連ショップに片っ端から電話をかけて、ドーベルマンの迷子がいないかどうか訊ねた。しかし結果は思わしくなかった。

「知らないってさ、アダム。きみ、どこから来たんだよ?」

昨晩と今朝は、冷凍庫の鶏肉をボイルしてアダムに与えたが、今日もこのままなら、ちゃんとしたフードを用意しておいたほうがいい。

そんなアドバイスをくれた動物病院に、まずはアダムを連れていくことにした。健康診断もしておいたほうがいいだろうし、直接アダムを見れば少しでも情報が増えるだろう。

なにより進化種のルークがいるので、万が一にも動物間で感染するような病気があっては一大事だ。

「いやあ、きれいなドーベルマンですね」

獣医師は感心したようにアダムを褒め、撫で回す。

「やっぱりあなたもドーベルマンだと思いますか。純粋の？」

「もちろん。しかもかなりいい血統じゃないかな？　二歳くらいですね」

血液検査の結果も問題なく、写真を撮って病院受付とホームページに迷子情報まで掲示してくれた。

その後は昨日のルートを二往復ほどしてみたが、アダムに興味を示して近寄ってくる人はいても、見知っているという人は皆無だった。

夕刻、一彩は何種類も買ってきたドッグフードを、とりあえずひと口ずつ並べてみた。いちばん食いつきがいいものを食べさせようと思ったのだ。

「お、これが好き？　ＯＫ、そうしよう」

体重を目安にした分量を量って、改めて器に盛る。ぺろりと平らげてお代わりをねだるような目で見つめられると、ついフードの箱を持ち出しそうになるが、適量が健康と踏みとどまった。

代わりに庭で遊べるように、テラスに続く戸を開け放っておく。その間に、一彩は夕食の支度をした。

昨日はすっぽかしちゃったからな。ルークが好きなチーズマカロニにしよう。

それでもカロリーの権化のようなチーズマカロニは付け合わせ程度に、タイのカルパッチョと温野菜も用意した。

時計を振り返り、ルークの帰宅までもうしばらくあるのを確かめると、一彩は二階の自分の部屋へ向かった。

「今夜も床にごろ寝じゃかわいそうだもんな」

昨夜のアダムは、一彩とルークが二階へ引き揚げるときは、ソファの足元に蹲《うずくま》っていた。きっと自宅では、豪華な犬用ベッドが用意されているのだろう。

一彩はクローゼットから年季が入ったブランケットを取り出した。この家に越してくるまで、ロサンゼルスの下町のアパートに住んでいて、そのころ使っていたものだ。引っ越しの際、捨てるかを迷ったし、実際ここでは無用で、けれど生来の貧乏性で捨てられずにいた。

「やっぱり必要なときって来るんだよ」

一彩がブランケットを抱えて階下に降りると、ちょうどルークが帰ってきたところだった。

「あ、おかえりルーク。お仕事お疲れさま」

「ただいま、一彩。会いたかった――って、なにそのブランケット?」

ハグしようと両手を広げたまま、ルークは目を丸くする。一彩はブランケットをソファに置いて、ルークを自分から抱きしめた。啄むようなキスをしてから、改めてブランケットを抱えてリビングを動き回る。

「うん、今日あちこち訊いて回りましたんだけど、アダムの飼い主の情報が見つかりません……つまりまだアダムはここに滞在中なんだけど――」

ちらりとルークを窺《うかが》うと、両手を腰に当てて軽く嘆息していた。

「ま、そう簡単に見つかるとは期待してなかったけどな。しょうがないだろ。一彩は見つかるまでここに置いておきたいんだろ？」

下手をしたらまたへそを曲げられてしまうのではないかと懸念していただけに、ルークがものわかりよく許可してくれたので、一彩はほっとした。

「いいの⁉　ありがとう！」

もう一度ハグしようとしたが、ブランケットがじゃまで跳ね返ってしまう。

「で？　そのブランケットはなに？」

「あ、アダムのベッドを作ってやりたくて試みている。床に直接寝るのはかわいそうだし、一応テリトリーみたいなもんを欲してるだろうと——」

「ちょっと待った！　一彩のブランケットだろ、それ」

「うん、ボロであるけど、ないよりマシだろ？」

壁際に敷こうとしたブランケットを、ルークの手が取り上げた。

「これは没収。犬にやるなんてもったいない。俺がいただく」

ルークはブランケットを掻き抱いて、思いきり匂いを嗅ぐ。

「は？　あなたはなにを言っているのか！　敷くものがなくなっちゃうじゃないか——嗅ぐな！」

「心配無用。どうせまだいるだろうと思って、いろいろ買ってきた」

玄関の方向を示され、一彩は駆け出す。

「こんなに⁉」

広い玄関フロアには、巨大な犬用ベッドと、大袋に入ったドッグフード、トイレやシート、食器類が積まれていた。

「奴のガタイがでかいから、多く見えるだけだよ」

ルークは無造作にベッドを抱えると、リビングに引き返した。ちょうどテラスからアダムが入ってきて、互いにしばし見つめ合う。

「よう、居候。ここがおまえの寝床な」

ルークが壁際にベッドを置くと、アダムは匂いを嗅いでから、その上に横になった。ルークを見て小さくワンと吠える。

「おっ、気に入ったか？　そうだろうそうだろう、いちばん高いやつだからな」

「ええっ、そうなの？　それは不経済……」

「いいんだよ、写真撮るんだから」

ルークはスマートフォンを取り出すと、アダムを写し始めた。角度を変えたり、自分が腹這いになって視線の高さを合わせたりしていたが、ついには一緒に画面に映る。

なんだよ、もう！　なんのかんの言っても、優しいじゃないか。

自分の表情が気に入らなかったのか、何度か撮り直しをした後、ルークは手早くスマートフォンを操作して、得意げに一彩に見せた。

「【わけあって預かり中のアダムだよー。俺と張り合うイケメンぶり】？　ＳＮＳにアップしたの？」

「そ。訊ねて歩き回るより、このほうが手っ取り早いだろ。俺って冴《さ》えてるぅ♪」

「迷ってる犬って書いたほうが、よりよくないだろうか？」

一彩がそう言うと、ルークは人差し指を立てて振り、舌を鳴らす。

「そういうのって、偽の飼い主が名乗り出ることが多いんだってさ。今回は特に、俺と知り合えるって期待して連絡してくる奴がきっといる」

後半はともかく、偽者は困る。アダムにはちゃんと家に戻ってほしい。

「ルーク、いろいろ考えてくりてるんだね。俺なんかおろおろするばかりなのに……ありがとう、頼りにしてる」

ルークは目に見えて機嫌がよくなり、残りの荷物もてきぱきと片づけてくれた。その間に一彩は食卓を整える。

「おお、旨そう。一彩、どんどん腕を上げてるな」

ひとり暮らしのころは、空腹を満たせればよかったし、食べ物を選り好みするほどの金銭的な余裕もなかったので、適当なものばかりだった。しかしルークにも食べてもらうとなったら、そうはいかない。

「ルークが美味しそうに食べてくりるから、私も頑張れるのです」

実際、頑張った分の反応は期待以上なので、料理が楽しくなってきている。

「いや、マジで笹《ささ》より旨いし」

ルークは旺盛な食欲を見せて、皿を空っぽにしていった。明日は動物園の出勤がないせいか、ワインのボトルも開けて夕食を楽しんだ後、どちらからともなく手を取り合って二階の寝室に向かう。

「一彩、いい匂いがする」

「えっ、夕方シャワー浴びたからなのですじゃない？」

「夕方からシャワー浴びて待っててくれたのか。よし、昨日の分も張り切っちゃうぞ」

昨夜はアダムが気になって、一彩が気もそぞろだったせいか、ルークは途中で諦めて寝てしまった。一緒に暮らしていれば毎晩ということはないけれど、中断したのは初めてのことで、隣で寝息を立てるルークに、一彩は反省したのだ。

だからいつもより気合が入った手料理も、早めのシャワーも、ルークのことを考えての行動だったのは事実だ。

寝室の大きなベッドに横たわり、互いに服を脱がせていく。ふかふかの耳を一彩が撫るように撫でていると、一彩のTシャツを捲り上げて乳首に吸いついていたルークが低く唸った。

「耳、気持ちいい？」

「一彩が触るからだろ……」

顔を上げたルークは身を乗り出して、お返しのように一彩の耳朶を食む。

「やっ、ルーク……くしゅぐったいよ。あっ……」

そのままキスになだれ込み、互いの身体をまさぐっていると、寝室のドアが音もなく開いた。

気づいたのは、廊下の明かりが差し込んできたからだ。

「んっ、んんんっ」

一彩がルークの肩を叩きながら呻くと、ルークは嫌々ながらの体でキスを解いた。

「一彩、集中――」

「しっ」

ルークを黙らせて、声を潜める。

「誰かいる。明かりが、ほら」

「気にするな」

ルークは一彩の動きを封じて、下肢に手を伸ばしてきた。

「だって、強盗とか――ん、あっ……」

そのときベッドの縁からドーベルマンの顔が覗いた。一彩は一気に安堵し、力を抜く。そのタイミングで、ルークは一彩の片脚を抱え上げ、大きく開いた。

「ちょっ、やだルーク！」

すでに下半身は脱がされていたので、アダムに向けて大股開きの格好になってしまう。アダムは鼻をヒクつかせて、わずかに首を傾げた。きっとアダムには理解できないのだろうけれど、一彩は恥ずかしさに身を捩る。

「待って、やめてってば！　アダムが見てる！」

「ほっとけよ。そのうち飽きて出てくから」

ルークの指で弄ばれると、これまでの倣《なら》いでこんなときでも感じてしまう。しかし頭のほうはとても没頭できる状態ではない。

「こっ、こんな光景を見せたら、動物虐待という問題が持ち上がり――」

「俺も動物なんだけど？　原始的欲求を伴侶が拒むなんて、そっちのほうが問題なんじゃないか？」

一彩のものを扱き上げるだけでなく、先端を舌先で擽りながら、ルークは言い返してきた。そしてアダムは、依然としてこちらを見つめている。

ああ、もうっ……なんでこんなことに……。

一彩が身悶えながらも唇を噛みしめて官能をやり過ごしていると、ふいにルークが動きを止めた。

「おい。ここは俺の家で、俺が主だからな。おまえに遠慮したりしない。そこにいるってなら止めないけど、せいぜい将来のために勉強しとけ。これが愛し合う者同士の営みだ」

「な、なに言って――あっ、ああっ……」

愛撫が再開し、後孔を舐め解かれる快感に、一彩は喘いだ。そのまま後ろへの刺激だけで達してしまい、そのころにはなにも考えられなくなる。飛沫に濡れたものをルークに舐められるうちに、一彩もまたルークのものを求めて、ベッドの上で逆さまに互いのものを刺激し合った。

結合したのは騎乗位だったけれど、そのときにアダムがいたかどうか憶えていない。ルークの名前ばかり呼んで、彼が与えてくれる快感だけを追いかけていた。

その後も体位を変えて睦《むつ》み合い、シャワーを浴びるつもりがそこでもまたいちゃついてしまった。ベッドに戻ったときには、アダムには申しわけないことだが、彼の存在をすっかり忘れていて、ラブラブな気分で眠りに落ちたのだった。

ふと朝方に目が覚めた一彩は、アダムはどうしているだろうかと、そっと起き上がった。寝室に姿はなく、足音を忍ばせて階段を下りてリビングを覗くと、犬用ベッドに丸くなって眠っているアダムがいた。

思わず声をかけそうになったけれど、黙って引き返す。

先刻、ルークがアダムに言い放ったときには、それが俺さまなルークのスタンスなのか、はたまた開き直りなのか、アダムに対する嫌がらせなのかと思ったけれど、そうではないのではないだろうか。

アダムは進化種でもなんでもない犬で、間違いなく人に飼われている。ペットとしての犬は飼い主に従順であるべきで、それが犬自身にとってもいいことなのだ。

一彩は迷子のアダムが哀れで、少しでも彼が寂しさや不満を覚えないようにと気にしていたけれど、それはきっとアダムのためにならない。

進化種なんて存在を知ったから、ついふつうの動物にまで同じような感覚になってたんだな……。

それを進化種のルークに教えられるなんて、なんとも情けない話ではある。せめてアダムの飼い主が見つかるまでは、人間とペットという関係を保って可愛がってあげようと、一彩は気持ちを改めた。

「おーい、アダム！　ほらボール、取ってこい！」

休日といえば一彩と外出したがるルークが、珍しく部屋着に近い格好で庭に出た。

呼ばれたアダムは伺いを立てるように一彩を振り返って、頷きを返すと芝生に飛び出していった。

弧を描いて飛んでいくゴムボールを、アダムは駆けつけて空中でキャッチする。

「おっ、うまいうまい！　よし、持ってこい――あれっ？」

ボールを咥えてルークに向かうかと思ったアダムだが、直前で方向を変え、庭を走り回った。

「持ってこいって言ってんだろ！　もう投げてやらないぞ！」

憤るルークがおかしくて、一彩はこっそりと笑いながらテラスに出た。気づいたアダムが一彩に駆け寄ってくる。

どうもアダム的には、主はルークでなく一彩のようだと、ちょっと嬉しい。

「ふふーん、一個きりだと思うなよ。俺の財力をもってすれば、まだボールは買ってあるんだよ！」

テラスに上がってきたルークは、ポケットから色違いのゴムボールを取り出すと、プールに投げ込んだ。すかさずアダムがプールに飛び込む。

「わわっ、アダム！　いいの？　入れちゃって」

一彩はおろおろしてルークを見た。

もっぱらSNSに上げる写真の撮影に利用しているプールは、デッキチェアの角度にまでこだわるくらいで、水の美しさにも注意を払っている。あのルークが、自ら掃除するくらいだ。

しかしルークは笑みを浮かべて、泳ぐアダムを見ている。

「ドーベルマンってかなり運動量が多いんだろ。散歩だけじゃきっともの足りないよ。奴も楽しんでるみたいだし、いいんじゃない？」

ボールを咥えてプールサイドに近づいてくるアダムに、ルークが身を屈めて手を伸ばす。しかしアダムはぷいと方向を変えて、一彩のほうに進んできた。

「上手だね、アダム。今度はパンダ兄さんに持ってくるんだよ。それっ！」

受け取ったボールをプールに投げ込むと、アダムは再びそれを追って泳いでいき、固唾《かたず》を呑んで見守るふたりの前で、ルークに向き合った。とたんにルークが満面の笑みを見せる。

「なんだよ、ちゃんとできるじゃないか、タロウ！」

「た、タロウ？」

「アダムなんて、最近は古い名前なんだよ。日本でいえばタロウみたいなもん」

「一概に言えませんです。アダムもタロウもいい名前だよ。ていうか、アダムが混乱するからやめるのを望む」

その後もルークはアダムのボール遊びにつきあい、しまいには自分もプールに飛び込んでじゃれ合った。

配達してもらったハンバーガーと、アダムにはシカ肉の燻製《くんせい》をおやつに、テラスでひと休みした後、ころあいを見て一彩はブラシを手にした。

「アダム、そろそろ毛も乾いただろ。ブラッシングしてあげる」

気持ちよさそうに目を細めてじっとしているアダムに、ルークは近づいて口を尖らせた。

「なんだよ、それ。そんなことまでしてやらなくなっていいだろ」

「このブラシ、ルークが買ってきたもにょにょ中にあったんだよ」

「知らないよ。犬用の必需品一式って揃えさせたんだから」

ルークはアダムの隣にごろんと寝そべって、一彩を見上げる。

「俺も」

「なに言ってんの」

「だって俺もやってもらったことないのに、こいつだけなんて」

「しょうがないなあ」

一彩は呆れながら、ルークの金髪と黒くて丸い耳をブラシで撫でてやった。昨日は飼い主とペットの主従関係を説いていたくせに、自分からアダムと同列になってどうするのだろう。

再びアダムをブラッシングすると、つやもよくなって凛とした佇まいに惚れ惚れする。

「うーん、アダムカッコいいね」

「そうか？　ちょっと痩《や》せすぎじゃね？」

「こういう体型なのですだよ。筋肉は非常に備わってるじゃないか、ボクサーみたいで。あ、犬じゃないほうね」

「顔だって怖いしさ。もうちょっと愛嬌ってもんが必要だろ」

「パンダみたいに？」

一彩が返すと、ルークはとぼけるように視線を逸らした。

「知ってる。パンダは可愛いし、アイドル要素は満点だよね。ルークは可愛くてカッコいいよ」

まだ視線を合わさずにいるルークだが、嬉しいときの癖で耳がピコピコと動いていた。

「んー、情報がないなー。ねえ、アダム」

一彩はソファの上で膝を抱えてスマートフォンを操作していたが、ため息をついて足元のアダムを見下ろした。

ルークがSNSにアダムの画像をアップして以来、褒めるコメントは山のようについていたが、アダムの飼い主に関わるメッセージは見当たらなかった。

『俺の発信力が足りないっていうのか！』

とルークは躍起になって、毎日のように画像を追加しているが、もう一週間が過ぎる。影響力は不要なところに広がって、ドーベルマンブリーダーへの問い合わせが殺到しているとか、アダムのベッドや食器とお揃いの品物が売り切れになるとか、思わぬ余波が生じているようだ。

以前からルークの持ち物と同じものが人気になるのは目にしていたから、品物が売れるのはともかく、一時の盛り上がりで生き物まで飼おうとするのはどうなのかと、一彩は気になっている。

アダムが立ち上がって、一彩の爪先を鼻先で押した。

「ん？　ああ、散歩の時間か。よし、行こうか」

リードをつけて歩き出すと、しばらくしてアダムが立ち止まって、小さく唸った。

「どうした？」

振り返っていたので一彩も目を向けるが、特に異変はない。

「行こう。帰りにスーパーで果物買いたいから、今日はドッグランのある公園にしようか」

さすがはビバリーヒルズというか、公園内に有料のドッグランが併設されていて、ちゃんと管理スタッフが目を配っている。

アダムは他の犬たちと戯れながらも、諍いのような状況を見つけると、駆けつけて仲裁を買って出ている。負けん気ばかりが強い小型犬に吠え立てられても、むきになってやり返すことなく、おっとりとその場を離れる。

「よく躾《しつ》けられたワンちゃんねえ。しかも今、人気のドーベルマンじゃない」

イタリアングレーハウンドを抱っこした婦人に話しかけられ、一彩は笑顔を返した。

うん、ほんといい子なんだよ。だから、なんでいつまでも飼い主が見つからないのか不思議で……。

もしこのまま飼い主が見つからなければ、ずっとアダムを置いておいてもいいかなと一彩は思い始めている。もちろんルークと相談の上だけれど、彼もなんのかんのと言いながらも、毎日のように新しいおもちゃなどを買ってくるので、アダムを嫌いではないはずだ。

スーパーマーケットの入り口で、一彩はアダムのリードをポールに結んだ。

「すぐ戻ってくるから、ここで待っててね」

アダムはきちんとお座りして、一彩を見つめた。

ああ、もう！　そんなふうに見つめられると、胸がキュンキュンしちゃうじゃないか！

一彩は急ぎ店内に入って、フルーツ売り場にまっしぐらに向かう。オレンジとプラムを選び、少しだけならアダムにも食べさせようとリンゴもひとつ追加する。

レジを通って紙袋を抱えて出口に向かおうとすると、両脇からすうっとマッチョな男ふたりが近づいてきて挟まれた。

「えっ……？」

「声を出すな。これがなんだかわかるだろう」

背中に硬いものが押しつけられ、一彩は顔色を変えた。

……銃？　そうなの⁉

この地では、当たり前のように一般人も銃を所持している。大型店舗には専用の売り場があったりもする。

実をいえば、ルークの家にも保管してある。護身用に持っていてもいいとルークに言われたけれど、日本で長く暮らした一彩には馴染めない習慣で、断った。そもそも持っていても使いこなせない。

実際これまで必要に駆られたこともなかったから、なくたって充分暮らしていけると思っていたが、まさかこんな白昼堂々とスーパーマーケットの中で、銃を向けられる状況になるなんて。背中を汗が伝う。促されて歩いてこそいるけれど、男たちの顔を見ることもできない。

何人もの買い物客やスタッフが周りを歩いているのに、誰も気づかないのだろうか。一彩は藁《わら》にもすがる思いで、擦れ違う人に目で訴えるが、なんの反応もない。

向かったのは一彩が入ってきたのとは違う出入り口で、このままでは相手の思うがままだと、勇気を出し問いかけた。

「……人違い、とかの可能性があるでしょう」

「ああん？　間違ってねえよ。ちゃんと最初からつけてきたからな。ノースパームドライブのでっかい家だろ？」

「そうそう。あそこの息子は東洋系だって、ちゃんと調べはついてんだよ」

そういえば自宅の門を出て歩き始めたところで、アダムの様子がおかしかったのを思い出す。あれは、このふたりに気づいたからだったのだろうか。いや、今はそれよりも――。

こいつらが狙ってたのって……お隣さんじゃ……。

ルークの隣人は大富豪だと聞いている。亡くなった奥さんが日本人で、ひとり息子がいるらしい。

「やっぱりあなたたちはたいひぇん間違い！　俺、じゅんしゅいな日本だし――」

反射的に顔を上げて、男ふたりの若さに驚いた。サングラスをかけてキャップを目深に被っているが、十代だろう。こんな若者が犯罪に手を染めるのか。

「へったくそな英語だな。なに言ってんのかわかんねえ」

「とにかく、身代金をいただいて、俺たちは大金持ちだ」

あああ〜っ、なんてことだ！　こんなことなら、もっと英語を勉強しとくんだった……。

金目的の誘拐なら、撃たれる可能性は低いけれど、そもそも人違いなのだから、それを知ったらどうなるかわからない。ということは、今のうちに逃げるしかない。

スーパーマーケット前にはずらりと車が駐車しているが、建物から離れるにつれて数は減っていく。男たちの車は人気《ひとけ》がない方向にあるらしい。

このまま連れていかれて、どさくさに紛れて殺されるわけにはいかないんだよ！　だって、俺は……。

共に人生を歩くと誓ったルークがいるのだ。彼を残して死んだりできない。絶対に。

脅えたり悲観したりしている場合ではない。絶対に逃げてやるのだ。

最初で最後のチャンスと、一彩は手にしていた紙袋をぶちまけた。フルーツが次々に転がっていく。

「うおっ、なにやってんだ、おまえ！」

「非常に申しわけない！　ふりゅえて紙袋が破けて――」

「放っとけ、そんなもん」

「そういうわけにはいきません！　私たちはたいひぇん目立ちます！」

一彩が身を屈めてリンゴを拾うと、男たちもあたふたと両手を伸ばす。その手に間違いなく銃が握られているのを見て、改めて身の危険をリアルに感じ、一彩は卒倒しそうになった。しかし倒れている場合ではない。

今か……？　今ならいけるか？

男たちの意識が落ちたフルーツに向いているのを気にしながら、タイミングを見計らう。失敗したらそれまでだと思うと、足が踏み出せない。

そのとき、遠くから激しい吠え声が響いた。

アダム……⁉

スーパーマーケットの入り口に繋いでおいたのを思い出し、一彩は顔を上げる。アダムがこちらに向かって疾走してくるのが見えた。引きちぎられたらしいリードが宙をなびいている。

「なっ、なんだ⁉」

「おいっ、まさかこっちに――」

男がアダムに向かって銃を構えるのを見て、一彩はその腕に飛びついた。

「やめろっ！」

「うわっ、危ねえ！　放せ！」

振り解かれた瞬間、パン！　と思ったよりも高い音が響く。銃をよく知らない一彩は、それが銃声だと気づかなかったが、敷地内にいた客から悲鳴が上がり、人の動きが激しくなった。

右往左往する人の間を駆け抜けたアダムが、一気に男に飛びかかった。

「うわあっ！　痛い！　やめろ！」

アダムが馬乗りになった男の手から銃が落ちる。代わりにアダムのリードを摑んで、思いきり振り回した。しかしアダムは噛みついた男の腕を、決して放そうとしない。

もうひとりは逃げ出していたが、スーパーマーケットの警備員が駆けつけてきて、その距離を縮めていた。

「きみ、けがはないか⁉」

「……はい、だいじょうぶです……」

座り込んでいた一彩は、遅れてきた警備員に腕を取られて立ち上がった。応援に駆けつけた他の警備員らによって、男が確保される。

「アダム……！」

一彩が叫んで抱きしめると、アダムは荒い息を繰り返しながら、ピスピスと鼻を鳴らした。撫でると砂埃のざらつきが感じられ、首輪に沿ってよれた被毛の隙間から、鬱血した皮膚が見えた。リードを外すために、よほど強く暴れたのだろう。それくらい必死になって、一彩のもとへ駆けつけてくれたのだと思うと、胸が痛い。

「ごめんな、痛かっただろ……」

「きみの犬か？　お手柄だな」

警備員の声に被るように、パトカーのサイレンが近づいてきた。

現行犯逮捕だったこともあってか、一彩は簡単に事情を訊かれるだけだったが、迎えを呼ぶように言われ、しかたなくビバリーキングダムズー併設の進化種保護研究機関に連絡を取った。不測の事態が起きたときには、躊躇わずに知らせるようにと、ルークに言われていたからだ。

ジャイアントパンダの美美《メイメイ》として園内に展示されているルークとは連絡がつくはずもなく、機関のスタッフがそれらしい関係者を装って迎えに来てくれ、一彩は解放された。

当然のことながら、事件はルークが知るところとなる。一彩としてはそれを考慮して自分の勤め先の『スパーク』に連絡をしようとしたのだが、近しい社員は仕事が佳境に入っていて動きが取れなかったのだ。

ルークに心配をかけるのも本意ではなかったし、これを機にボディガードをつけるなんて話になるのも充分考えられて、一彩は気が重かった。

帰りがけに動物病院に立ち寄ってアダムを診察してもらい、そこでもまた落ち込む。

「そんなことがあったんですか。いやあ、アダムすごいな。よほど頑張ったんですね。革の首輪がこんなに伸びるなんて。リードも噛みちぎったみたいだし、爪もボロボロだ」

「だ、だいじょうぶなんですか？　他に理解されない損傷があるとか……」

一彩があまりにも不安がったからか、獣医師はレントゲンとエコーを撮ってくれた。骨や内臓にも異常はないとわかったが、首周りが痛々しい。

帰宅すると、一彩はアダムを濡れタオルで丁寧に拭いてやった。

「ほんとにごめんな。それから、ありがとう。きみは俺のヒーローだよ」

アダムは短い尻尾を振って、一彩の手を舐めた。

「俺の手なんか旨くないだろ。あ、そうだ。リンゴ食べるか？」

スーパーマーケットから改めてフルーツをもらっていたのだ。

一彩はキッチンでリンゴを切りながら、アダムの活躍と、今しがたの手を舐める様子を思い浮かべて、はたと手を止めた。

「騎士みたい……」

一彩のもとに駆けつけて男に飛びかかったところは、姫を救う騎士のようだったし、一彩の手を舐めていたのも、姫の手にキスをする騎士のようだ。

もとから寡黙で凛とした雰囲気を漂わせていたアダムだけれど、それらがすべて一彩の中でモチーフとして重なった。

「……アダムーっ!!」

一彩はリンゴを盛った器を手にリビングへ駆け戻ると、アダムの前にそれを置いて自分も座り

ますます褒美を賜《たまわ》った騎士っぽいと頷く。

　がっついたりせずに、ひとかけらずつ口に運んでは咀嚼《そしゃく》するアダムを見て、一彩はますます褒美を賜《たまわ》った騎士っぽいと頷く。

　そうだよ……なんで今まで気がつかなかったんだろ。

　悩んでいる間、一度目の成功に倣って次もパンダで行こうかと、何度となく頭をよぎったけれど、やはりパンダではこうはいかない。なにかにだらりと寄りかかって、後肢も投げ出して食べているところしか想像できない。

　一彩はスケッチブックを開くと、黙々と手を動かし始めた。ここのところ乗らなかったのが嘘のように、すらすらとキャラクターが描き出される。頭に浮かぶイメージが止めどなくて、手が追いつかないのがもどかしいほどだ。

「きみはなんて素晴らしいんだ。俺を助けてくれたばかりか、こんなインスピレーションまで与えてくれて……」

　ぶつぶつ呟きながらスケッチを続けていると、玄関ドアが大きな音を立てて開いた。急だったこともあるし、昼間の事件のショックが後を引いていたらしく、一彩はスケッチブックを放り出してアダムにしがみついた。

「一彩っ……！」

　けたたましいほどの足音を響かせてリビングに飛び込んできたのはルークで、一彩はアダムに抱きついたまま目を瞠る。

肩で息をするルークは一瞬はっとしたような顔をしたが、一彩は立ち上がってつんのめりながらルークに駆け寄った。

「ルーク、おかえり！」

自分からルークに抱きついてしまう。そのときになって、一彩はアダムがそばにいても芯からはリラックスできていなかったのに気づいた。一彩が心から安らげるのは、やはりルークのそばなのだ。

「……一彩、無事でよかった。機関のほうから事件を聞いて、すっ飛んで帰ってきたんだ」

いつになく躊躇うように頭を撫でてくるルークの手に、一彩は自分から頭を押しつける。

「ごめんね、心配かけて」

「そんなことない。あいつら、もっと早く教えてくれればいいのに……駆けつけられなくてほんとにごめん」

「だいじょうぶだって。動物園はあなたの大事な仕事のひとつです。それに、アダムが助けてくれたから」

そう言って振り返ると、アダムは姿勢よく座って、じっとこちらを見ていた。

「ね、ルークも褒めてやって」

一彩がそう促しても、ルークはしばらくアダムを見返していたが、やがてゆっくりと近づいて、アダムの頭を両手で包むように撫で回した。

「大した犬だな、おまえは。でも一彩を守るのは、ある意味当然のことだ。なんたって一彩のおかげで、おまえはここにいられるんだから」

ルークはふと口を噤んで、じっとアダムを見る。

「いいとこ一彩に見せやがって。俺の立場ってもんがあるだろ」

さらに激しく頭を捏《こ》ね回したので、アダムは嫌がって後ずさった。

「ちょっと、恩人を乱暴に処理しないでよ。それに、アダムけがしてるんだからです」

「けが？　こんなもん、かすり傷だろ。名誉の勲章ってやつだよ」

その後食事を済ませると、ルークは一彩を寝室に追いやった。

「自覚はなくても疲れてるはずだ。早く寝たほうがいい」

てっきりルークも一緒に横になるかと思っていたのに、一彩をベッドに寝かせると、ルークは寝室を出ていった。

どうしちゃったんだ、ルーク。このベッドにひとりで寝てるのなんて、初めてなんだけど。

すぐにやってくるだろうと思っていたが、いつの間にか一彩は眠ってしまった。

目が覚めたのは、数時間経ってからだった。隣に手を伸ばすが、いつもあるはずのぬくもりがない。

ルーク、まだ起きてるのか？

一彩は喉の渇《かわ》きを覚えて、階下へ向かった。

リビングにまだ明かりがついているのを見て、呼びかけようとしたが、それより先に小さな声が聞こえた。

「だからあ、一彩にとってのヒーローは俺なわけよ。他の誰でもない、このルークだけが！　そんなところをおまえはわかってるのか？」

明らかに酔っぱらっている声だ。

でも、誰に言ってるんだ？　まさかアダム？

一彩がそっとリビングを覗くと、ソファの上でルークがグラスを片手に胡坐《あぐら》をかいていた。そうとう呑んでいるのか、頭がゆらゆらしている。

アダムは定位置のソファの下でなく、ルークの隣に座らされていて、居心地悪そうな顔でかしこまっていた。

王さまにむりやり酒につきあわされている騎士みたい。

一彩が笑いをこらえていると、ふいにルークがグラスをテーブルに置いて、アダムのほうに身体を向けた。

「でも、おまえがいてくれてほんとに助かった。感謝してる。ありがとう」

アダムに向かって深々と頭を下げるルークに、一彩は驚きとともに感心とも感激ともつかない気持ちになる。

これまでルークはアダムに対して、自分が上だというスタンスを崩そうとはしなかった。帰宅したときのアダムへの物言いも、主人が飼い犬を褒める体だった。

追加の張り合うようなセリフも本心だったかもしれないけれど、一彩の前では立場を崩すことはなかった。

あのときはアダムをもっと褒めてやってほしいと思っていた一彩だったけれど、ルークなりに複雑だったのだろう。一彩を守るのが自分でなかったことや、駆けつけることすらできなかったことに、きっと忸怩《じくじ》たる思いだったのだ。

代わりにその役を担ったのがアダムで、しかも一彩が褒めちぎっていたものだから、負けん気が強いルークには面白くなかったことだろう。

しかし不在の自分に代わって一彩を救ったのがアダムなのは事実で、それに関しては主従とかペットとかを抜きにして、感謝することを忘れてはいなかった。

そういう素直さや、本質を見落とさないルークに、一彩は改めて彼を見直した。明るいし、一緒にいると楽しいし、優しい。しかし、それだけではないと知って、ますますルークが好きになる。

仲間や家族を守ろうとする心意気って、いちばん大事なことのひとつだよな。

幸いにもこれまでそういった危機に遭うこともなく過ごしてきたから、考えたこともなかったけれど、動物にはまだ身近な問題なのかもしれない。ルークにしても進化種ではあるけれど本来はジャイアントパンダで、根底に流れる野生の血が、身内を守るという意識を強く持っているのだろう。それができなきゃ男じゃない、的な。

一彩は寝室に引き返し、スケッチブックを開いた。ドーベルマンとジャイアントパンダの騎士を描いて、それぞれに感謝のキスをした。


翌日、ルークは無理やりもぎ取った休日だということで、二日酔いの気配もなく、早朝からアダムと庭で走り回っていた。

一方の一彩は今ひとつ体調が優れず、ベッドの中でゴロゴロしていた。

「一彩、朝食どうする？　俺が腕を振るってやろうか？」

ルークが作る油ギトギトのフライドエッグとベーコンを思い浮かべただけで胸やけがして、一彩はブランケットから目だけ覗かせて首を振った。

「スムージーだけでいいかな」

「えっ、他は食べないのか？　どうした？　具合でも悪いのか⁉」

「ちょっとダイエット中なんだです。それと、昨日緊張して変に力が入ったせいかな？　筋肉痛みたいで。寝ててもいい？」

体調が云々なんて言おうものなら、大騒ぎして病院へ連れていかれるのが目に見えている。実際大したことはないのだから、少し休ませてもらおう。休みを取ったルークには申しわけないけれど。

「だいじょうぶなのか、病院行かなくて。なんなら医者を呼んでもいいぞ」

「筋肉痛ですね、って診断されるの？　恥ずかしいからやだですよ」

それでもまだルークは気にしている顔だったが、頷いて踵《きびす》を返す。

「スムージーだな？　なにがいい？」

「オレンジあるからそれと――柑橘系《かんきつけい》でまとめるのを希望し、レモンとか？　野菜は適当に」

「バナナを入れよう！　そのくらいはカロリー取らないと」

ルークがあたふたと階下へ下りていくと、入れ替わるようにアダムがやってきた。いつもと違う一彩を気にしているのだろう。

「アダム、おはよ」

手を伸ばすと、アダムは自分から頭を押しつけてくる。なめらかな被毛を撫でてやりながら、安心させるように笑顔を作った。

「ちょっと疲れただけだから、心配しないで。ルークと仲よくなったんだね。今日は一緒に散歩に行ってくれるよ、きっと」

スムージーと一緒に、「食べられるようなら」とヨーグルトをかけたシリアルを運んできてくれたルークに、一彩は礼を言って受け取りながら、アダムの散歩を頼んでみた。ルークは二つ返事で請け負ってくれたが、いつになっても出かける気配がない。

回復した一彩が昼過ぎにリビングに顔を出すと、ルークとアダムはそれぞれソファの上と下で寝そべっていた。

「なんなの、ふたりとも。散歩は？」

はっとして身を起こしたルークは、眉を寄せる。

「具合どうだ？　一彩を置いて出かけられないよ。それに、こいつも行こうとしないし」

一彩の姿を見たアダムも飛び起きて、尻尾を振っている。彼は単純に一彩が姿を現したことを喜んでいるようだ。そして散歩に行こうと誘うように廊下へ向かう。

「揃いも揃って心配性なんだから、しかたがないことです。じゃあ、みんなで行こうか」

「だいじょうぶなのか？　無理するなよ。アダムに我慢させればいいんだから」

「そういうわけにいかないですだろ。あんなに期待してるんだから。それに、動いたほうがいいんじゃないかと考察します」

一彩が支度を終える間に、ルークはニットキャップをすっぽり被って、サングラスをかけていた。こういう装備は、素性をバラしたくないときだ。

連れだって通りを歩く。ルークと一緒のときに誰かがいるのは初めてで、なんだか新鮮だ。

「ふたりきりじゃないのって、初めてだと思います。こういうのも悪くないね」

そう言うと、ルークは一彩を見て口端を上げた。

「そのうちもっと賑やかになるって」

言葉の意味を察して、一彩は頬を赤らめた。

進化種のルークと一彩は、同性同士でも子どもを儲けることができる。つきあってすでに一年が過ぎるのだが、しかしいまだにその兆《きざ》しはない。

もちろん医療的な妊活をしているわけでなく、愛し合った結果を待つだけの日々なので、タイミングがあるのだろう。

しかし一説によれば、進化種は繁殖力に優れているという。そのルークと毎晩のように交わっていて、妊娠しないのはなぜだろう。

まさか……根本的なところでやり方が間違ってるとか……ない、よな……？

一彩もルークも、同性同士に限らずセックス自体が初めてだったので、今の営みが正解と自信を持って言いきれない。しかし、それで互いに満足を得ている――と思う。

いっそ保護研究機関でレクチャーを受けたほうがいいのだろうか。しかし不要に自尊心が高いルークが、うんと言うだろうか。

交際数か月のころ、一度だけ『なかなか妊娠ってしないもんだね』と口にしたことがあるのだが、『今が蜜月だろ？　しばらくは一彩とふたりきりでイチャイチャしてたい。それに俺たちまだ若いんだから、急がなくたっていいじゃん』

と返された。

実際、今のところルークに子どもが欲しいという様子は見られないし、一彩も仕事が軌道に乗ってきたところだ。

でも……検査くらいはしといたほうがいいのかな？　子作り可能なのかどうか。

「……ルーク、あのさ——」

一彩が意を決して、しかしできるだけさりげなく話題を振ろうとしたとき、

「おわあああっ、アダム！　ストップ！」

いきなりアダムが駆け出して、リードを持ったルークも引っ張られていく。

「一彩を置いてくのか⁉　それはボディガードとしてどうなんだ⁉」

事件を経て、ルークの中でアダムは居候ペットからボディガードに昇進したらしい。それがおかしくて嬉しくて、一彩は前を走るふたりに声をかけた。

「先に公園行ってて。ジュース買っていくつもりです」

一彩がベーカリーとジューススタンドで買い物をしてから公園へ行くと、ルークはアダムのリードを持ったままジョギングしていた。先にアダムが気づいて、一彩のほうへ進路を変える。

「あー、疲れた。こいつむきになって走りやがって」

むきになって伴走したのはルークのほうだろうと思いながら、一彩はジュースのカップを手渡す。アダムには給水機能がついたペットボトルを口元に差し出してやる。

「はー、旨い！　うわ、アダム、飲むの下手だな」

「ルークだって、パンダのときはこんなもにょだよ」

芝生の上に寝転んだルークは、サングラスを少しずらして一彩を見上げた。

「さっき、なんか言ってなかった？」

「ん？　ああ——」

さっきは伝えなければと思ったのに、今はなんだか不要な気がしていた。

水を飲み終えたアダムが、ルークの腹の上に前肢を乗り上げる。

「うっ……重いって！　なんだよ、おまえ」

ルークが払いのけようと手を出すと、アダムは唸るそぶりを見せた。もちろん本気ではない。

「うん、みんな一緒なのって楽しいなと思ったです」

アダムとじゃれ合っていたルークは、ふと真顔になって身体を起こした。

「考えたんだけどさ——」

「ん？」

「アダムをうちの犬にしないか？」


突然の提案に戸惑う一彩に、ルークは後で話そうと帰宅を促した。

一向に飼い主が見つからず、日々情が移って別れのときはつらいだろうと予想していた一彩だったけれど、自分たちがアダムを飼うという考えには至らなかった。それは一彩だけで決められることではなかったし、ルークにその気はないだろうと思っていたからだ。

そのルークが……自分から……。

昨夜の彼らの様子を見ても、ルークがアダムに対する意識を変えたのはわかっている。アダムもまたルークとの距離を縮めたようだ。

相性がよくなったのがきっかけなのかな……。

リビングに集まって、ルークが口を開いた。

「さっきの話だけど、飼い主が現れないなら、アダムはこれからもこの家に置いてやっていいいんじゃないかと考えてる。一彩はどう？」

「どう、って……それは……アダムの行き場がないなら、ぜひ一緒に暮らしたいと希望するのですけど……」

「同居人——いや、同居犬か。よくわかんないけど、ペットっていう意識じゃないんだよな、俺」

「えっ、そうなの？」

ルークは不本意そうに頷いた。

「最初はそういう上下関係をつけなきゃって思ってたんだ。でも、俺がもともとパンダだからかもしれないけど、そういうのって違う気がする。特にこいつに関しては。だって俺、こいつが考えてることけっこうわかるし。かといって友だちとも違うし……あえて言うなら雇用関係？　食事と住居を保証する代わりに、一彩を守ってもらう」

「雇用関係……それは新しいな……」

どうしてそういう発想になったのかは一彩には計り知れないけれど、あくまで自分がいちばんでないと気が済まないというルークの性分が影響している気はする。しかしだからこそ、ルークがアダムをただの犬とみなさずに一目置いているのも事実だ。

「……異存はないですだよ。ていうか、これからもこのままなら嬉しく思うところです」

一彩がそう答えると、ルークは頷いてアダムに視線を移した。

「というわけで、おまえの飼い主探しはやめる。これからも家で一緒に暮らそう」

アダムは同意したように、ワン、と吠えた。

「そうとなったら、隠し事はナシだよな」

ルークは立ち上り、ソファを離れた。一彩が問いかける間もなく、ジャイアントパンダが姿を現す。

「ルーク……！」

久しぶりに見たルークのパンダ姿は、アダムを見慣れた目にはやはり大きく見えた。というか、種が違うとこんなにバランスが違うものなのか。

アダムはというと、こんなに表情豊かなのかと驚くくらい、明らかに驚愕していた。一彩が名前を呼ぶと、びくりとして我に返る。

「見た目全然違うけど、ルークだよ」

一彩の言葉を理解したのかどうか、アダムは耳を伏せて身体も低くしながら、そろりそろりとルークに近づく。

ルークは座ったままじっとしていたが、アダムが匂いを嗅いだところで、がう、と小さく鳴いた。

とたんになんのスイッチが入ったのが、アダムはルークの周りを飛び跳ねたかと思うと、ルークに躍りかかった。

「うわっ、だめだよ！」

思わずそう叫んだ一彩だったが、よくよく見ると二頭は取っ組み合いをして遊んでいるようだ。アダムは明らかに楽しんでいる様子だし、ルークもパンダの姿になったことでいつものカッコつけが鳴りを潜め、本能でじゃれている。

しかしどちらもガタイがいいので、音は大きいし毛が飛ぶし、スツールは倒されるしで、一彩はたまらずテラスの戸を開けた。

「少年たち！　遊ぶなら外でやって！」

アダムを正式に迎え入れると決めたルークは、改めてアダム用のグッズをインターネットショ

ッピングし、リビングの家具配置まで変更した。

『これこれ。首輪が伸びちゃっただろ？　新しいやつオーダーで作ったんだ。この色も似合うと思わない？』

『あ、今度届くのはカウチみたいな脚付きのベッドだから。そこのコーナーがいちばん落ち着くと思うんだよ』

『フードはオリジナルを作ってくれるところに、定期購入の依頼をした。アダムはシカ肉が好きだったよな？　ちゃんと好みも伝えといたから』

『トイレなあ……まあ、室内にも一応設置するけど、できれば外でしてほしいのが本音だな。なんせでかいから、出るのもそれなりだし、片づけるのがつらいよな』

教えたら人間のトイレでできるんじゃね？　という言葉に、一彩は笑ってしまった。

『そのときは、ちゃんと水を流すとこりょまで教えてよ』

とにかく新しい家族を迎えることに、ルークも一彩も喜んでいた。

一彩が提出した新しい映画のキャララフは、上司からOKが出て、さらに上の部署に回って検討中だ。キャラクターの個性に合わせて犬種をイメージし、ドッグワールド的な世界観にするという案も出ている。

「アダムのおかげだよ」

キャララフが描かれたスケッチブックを見せながらアダムにそう言うと、横から覗き込んだルークが口を尖らせた。

「なんだよ。ま、俺はこの前の映画でヒーローだったからな。二本目はおまえに譲ってやる」

そのときインターフォンが鳴った。

「お、もう届いたのか。なんだ？　ベッドか、ハンモックか？」

「えっ、ハンモックを注文したのですか？」

買いすぎではないかと非難の声を上げた一彩を無視して玄関へ向かったルークは、荷物でなく人を連れてやってきた。

「グレン！　ご無しゃたしてます」

グレンはビバリーキングダムズーに勤務する獣医師だ。密かに進化種の保護研究機関施設が併設されているので、もっぱら進化種を診ている。

ルークにとってかかりつけ医のようなものだし、一彩もルークの伴侶になると決まってから、健康診断をしてもらった。

お茶の用意をしようと腰を浮かせた一彩を、真面目な顔つきのルークが引き止める。

「先に話を聞こう。一彩も一緒に」

「やあ一彩、久しぶり。休みのところ申しわけないが、こちらも急ぎ連絡したかったので、押しかけさせてもらったよ。実は、アダムの飼い主と連絡がついたんだ」

「ええっ⁉」

一彩は驚きの声を上げ、続けてアダムを見る。内容はともかく、自分の話題だと理解しているのか、アダムはわずかに首を傾げた。

「今になって……ていうか、なぜ機関が発見したのですか？」

「この前の事件のときに、駆けつけたうちのスタッフが、アダムについて話を聞いただろう。進化種と一般動物が密接な環境にあると、こちらとしては注意を怠《おこた》れないからね。もっとも危惧するのは感染症だ」

グレンの言葉に、そういえば送られる途中で動物病院に寄るように言ってきたのも、機関のスタッフの提案だったと思い出す。あのときはアダムの治療のためだと思っていたが、病院からそれらのデータの確認もしていたのかもしれない。

「その心配がないことはわかったが、迷い犬ならできるだけ早く飼い主のもとに帰してやりたいと、機関のほうでも調査していた。そしてようやく飼い主が判明したというわけだ」

「……面白くないな。俺のＳＮＳより、そっちのほうが情報は入るってことかよ」

そう呟くルークは、アダムから視線を外さない。一緒に暮らすと決めた今になって飼い主が見つかったことに、複雑な心境なのだろう。一彩も同じ気持ちだからわかる。

一彩はルークの肩に手をかけた。

「そういうことなら、いたしかたないことです。俺たちもアダムと一緒にいたいけど、アダムも飼い主さんのほうがいいだろうし――」

「そうだよ！　その飼い主ってどんな奴なんだ？　こんなに時間がかかるって、そいつはちゃんとアダムを探してたのか？」

ルークの疑問はもっともで、一彩もグレンを見た。

「連絡がついたのは昨日だ。海外出張に出ていたらしい。その間、アダムを知人の家に預けていたんだが――」

知人が急病で緊急入院し、家族が慌てふためいている間に、その家の子どもがアダムを散歩に連れ出して、置き去りにしてしまったのだという。事の発覚を恐れて子どもが「アダムは家に帰った」と告げたので、鵜呑《うの》みにして事実を知るのが遅れたらしい。

グレンは知人というのがビバリーヒルズに住む俳優だと、オフレコで教えてくれた。有名人に疎い一彩でも知っているような、ゴシップ報道が多い俳優だ。その家族もなにかとやらかしている。

「よりによってあいつかよ。他に頼れる知り合いはいなかったのか、おまえの飼い主は」

呆れ顔のルークの言葉に、アダムは困ったように鼻を鳴らした。

「ぜひうちで、って相手に言われたらしいよ。仕事で無関係でもないので、まあしかたなくって感じだったらしいが、ひどく後悔してた。こっちから連れていくって言ったんだが、できるだけ早く会いたいから迎えに来るってさ」

タイミングよくインターフォンが鳴り響く。急かすように連続だ。

グレンが迎えに出ると、ほどなくしてはっと立ち上がったアダムが、大きく吠えながらリビングを駆け出していった。一彩とルークも後を追う。

「アダム！」

玄関フロアには三十代の男がしゃがみ込んで両手を広げ、アダムはそこに突進するように飛び込んでいった。

「アダム、会いたかった！　元気にしてたか？　迎えが遅くなってごめんな」

男の腕の中でアダムはしきりに鼻を鳴らし、尻尾を振り、しまいには仰向けにひっくり返って喜びを表していた。

「しゅごい……本物の飼い主には、こんなに甘えるんだ……初めて目にする姿ですね」

一彩が囁きながら隣を見ると、ルークは唇を引き結んでじっとアダムを見つめていた。

「今さらですけど、アダムで間違いないですね？」

グレンの問いに、男は我に返ったように立ち上がった。しかしその手はアダムの頭に置かれたままだ。

「ああ、申しわけありません、ご挨拶が遅れまして。アダムの飼い主のネイサン・リードといいます。この度はアダムが大変お世話になって、ありがとうございました」

握手を交わした後、ネイサンは小切手とショッパーを差し出してきた。ショッパーにプリントされているのは、一彩には馴染みの東京の和菓子店の名前だ。出張先は日本だったらしい。

「金はいらない。そういうつもりで預かったわけじゃないから」

「ルーク、言い方！」

「いえ、でもこんなにきれいにしてもらってて……話を聞くと半月以上世話してもらったようなので、せめてその費用だけでも」

ルークは小切手を半分に破り、ショッパーだけ受け取った。

目を瞠るネイサンに、一彩は取りなすように口を開く。

「こっちこそ、アダムには助けちぇもらったりしたんです。賢くて優しくて、そしてとても勇敢な犬ですね。一緒にしゅごせて楽しかった」

ネイサンはほっとしたように頷いた。

「そうですか。私にとっても彼は最高の相棒です」

ネイサンを見上げるアダムの目は、見たことがないほどキラキラと輝いていた。先ほどから一瞬も視線を離さないのだ。

「アダム、おふたりに挨拶して」

その言葉に、アダムはようやく一彩とルークを見る。

「アダム――」

一彩は身を屈めて、アダムの頬を撫でた。

「ご主人に会えてよかったね。一緒に居られて楽しかったよ。ありがとう」

ルークに場所を譲ろうと振り返ったが、むっとしたような顔で動こうとしなかった。

「俺の秘密を教えてやったのに……誰にも言うなよ」

アナハイムまで車で帰るというネイサンとアダムを見送って、家に入ろうとしたとき、配送業者に声をかけられた。

「お荷物です」

「キャンセルだ、持ち帰れ」

けんもほろろなルークに、配送業者は肩を竦めて踵を返す。こういう客には慣れているようだ。

「なんだよ、グレン。引き渡しは終わったぞ。まだ用があるのか？」

「もう、さっきから態度悪いよ、ルーク。アダムが帰っちゃって残念なのは理解できます。すみません、グレン。もう俺たちすっかりアダムを迎え入れるつもりでいたから」

「いやいや。ルークがそういう心持ちになったのは、悪いことじゃない。一彩と暮らしているおかげかな――ああ、そうだ。一彩にちょっと訊きたいんだけど、最近変わりはない？」

「変わり……ですか？　どういう……」

グレンの質問の意図が読み取れず、一彩は返事に戸惑った。

「そういや食欲がないって言ってたじゃないか。あと筋肉痛だとか。人間は不慣れかもしれないけど、診てもらえば？」

ルークの言葉に、一彩は手を振る。

「それくらいのことで申しわけないよ。それにルーク、知ってりくせに。グレンは獣医師だけじゃなくて人間の医師免許も持ってりゅんだから、失礼な言葉は許しがたい。すみません、グレン。俺はなんともないですから」

「いやいや、ちょっと顔色が気になって。そうか……」

顎に手を当てて一彩を見るグレンに、ルークのほうが明らかに顔色を変えた。

「なんだよ、グレン！　一彩どこか悪いのか⁉　行こう、動物園の診療室でもいいから！」

「ルーク、大げしゃだって――」

「そんなことあるもんか！　一彩にもしものことがあったら、俺は悔やんでも悔やみきれない。おまえを守るのは俺だけなんだから」

ルークは妄想を膨らませて、勝手に一彩を病人に仕立て上げているようだ。それくらい大事に思ってくれているのもわかるから嬉しいのだけれど、人前でこの態度は完全にバカップルではないかと、一彩は困ってグレンに視線を移した。

「ルークを安心させるためにも、診察に来ない？　さもないと、明日もパンダ舎は休業になりそうだ」

しかたなく同意して、一彩とルークはグレンの車でビバリーキングダムズーへ向かった。

まだ動物園は開園中だったが、バックヤードにも動物たちがけっこういて、特に生まれたばかりのピューマの赤ちゃんは悲鳴を上げたくなるほどの可愛らしさだった。

「ああっ、スケッチブック忘りた！　今度描きに来てもいいですか？」

「ん？　ああ、ちょくちょく来てくれると嬉しいな」

「一彩、今はそれどころじゃないだろ！　ん？　一彩が一緒に出勤するなら、それはそれでアリか？」

「パンダはいつでも描けりゆじゃないか。俺は他の動物も描きたい」

「そんな、この俺さまを十把一絡《じゅっぱひとから》げの動物と一緒にするなよ。愛が足りない……病人でも許しがたい……」

そんなことを言い合いながら診療室へ向かい、グレンの命でルークは廊下に取り残された。

「先に血液と尿を取って、それからエコーね」

診察と言っても簡単な問診程度だと思っていた一彩は、表情を硬くした。

「……あの、グレン……あなたはそんな悪いと思っていますか？　俺、全然自覚もなくて……今朝、ちょと気持ちが悪かったくらいで……筋肉痛もたぶん、アダムにつきあって走ったりしたからじゃないかと思ってたんだけど……」

「まあ、診断は診てからってことで」

採血と検尿を済ませて検査に回すと、グレンの指示に従って一彩は診察台に横たわった。腹にローションを塗られ、超音波診断機械のプローブ《探触手》を当てられる。

内臓？　どこが悪いんだ？　腸？　もっと下ってことは……なんだ⁉

緊張と焦りで汗をにじませる一彩に、グレンは手の動きを止めて「あっ」と小さく声を上げた。

「なになに⁉　お願い、はっきり言って！」

「一彩、見える？　ここ――」

グレンが指さすモニターを、一彩は凝視した。ぼんやりとした輪郭の黒い丸の中で、小さく脈動しているものがある。

「……腫瘍《しゅよう》かなにか？」

「ううん、ベビー」

ベビーってなんだ？　と動揺する一彩は当てはまるものを思い浮かべようとして、はっとしてグレンを見る。

「……それって――」

「うん、おめでとう」

ベビーって、赤ちゃん……？　俺とルークの子ども？

「ルーク、聞こえるか？　入っていいぞ」

グレンが室外に呼びかけるや否や、ルークが勢いよくドアを開けて飛び込んできた。一彩の姿を見て、驚愕したように足を止める。

「……一彩……おい、グレン……頼む。真面目に働くから、一彩を治してくれ！」

「治してくれって言われても、原因作ったのはおまえだし」

「俺が⁉」

ルークはおろおろしながら、診察台に横たわったままの一彩に近づいて、手を握った。

「俺のせいなのか……？　ごめん、一彩……大事にするって約束してたのに……絶対治してもらおう！　血でも臓器でも、必要なら俺のを使って――」

「さしあたって必要なのは、父親の自覚かな」

「はあっ……？」

グレンを振り返ったルークは怪訝そうに眉を寄せたが、次第に驚きに目を見開いた。

「……それって……」

「ルーク、赤ちゃんが存在しているのです。きみと俺の赤ちゃん。ほら、そこに映ってりゅ」

一彩が指で示すと、ルークはモニターに被り寄った。

「これが……？　すごい……どっちに似てる？」

「まだどっちにも似てないけど、生まれてくるのはおまえに似たパンダだろうな」

「一彩！　やったな！　最高だ！　おっと、安静にしたほうがいいよな」

ルークは一彩の手を軽く揺らすにとどめ、柔らかくハグする。

「てことは、体調が変だったたによって、悪阻ってことですか？　いつごろ生まれるんでしゅか？」

一彩はメスパンダではないので、繁殖期やペアリングのタイミングで計算することができない。

それでなくても、パンダの妊娠期間は個体差があるらしい。

胎児のサイズから考えて、三か月後くらいには生まれるのではないかという判断だった。

動物園や機関のスタッフに祝福されながら、ルークと一彩は帰宅した。


「一彩、そんなとこに座ってないで。ほら、こっち。クッション置いたから」

ルークはソファの上にクッションをふたつも重ね、その上に座るように示す。

「そんなの、安定しなくて逆に危ないって」

「でも、冷やしちゃいけないって言うじゃないか。どうしよう……暖炉も買おうか？」

冬でも摂氏十度を下回ることが少ないこの地で、暖炉を設置するなんて成金すぎる。各室に空調設備があるし、床暖房までついているのだから充分だ。そもそも今から三か月なら、冬にはならない、と一彩は説明した。

「だから暖炉なんて必要ない――あれ？　待てよ。赤ちゃんが寒いかな？」

ジャイアントパンダは成獣の比率からしてとても小さく生まれ、しかもお世辞にも丈夫とは言えない。ルークと一彩という新米両親が育てることを考えると、どれだけ備えをしてもよけいにはならない気がしてきた。

「なっ、やっぱり暖炉つけよ！　本格的なのが見栄えはいいけど、安全面を考えたら今どきのやつだよな。ガラスとガスのとか――」

さっそくスマートフォンを操作して購入に走ろうとするルークを、一彩は止めた。

「ちょっと待って、ルーク。グレンたちに相談してから行動すべきだと思います。もっと他に入用なものがあるかもしれないし」

「そうか？　んー、じゃあとりあえず、服とおもちゃを――」

生まれてくる子どもにとにかくなにか買いたいというルークの手を、一彩は握って押しとどめた。

「喜んでくれてのことだってわかってりゅけど、先走りすぎだってば。子どもが進化種かどうかはわからないし、そうだとしてもいつ変化するかは決まってないんだよ。服はいらにゃいだろ」

「じゃあ、一彩はなにが欲しい？」

ルークはスマートフォンを置くと、一彩を引き寄せて、膝の上に乗せた。すっぽり包むようにしたところで、キスをする。

「俺ときみの子どもを産んでくれるんだろ？　ほんと嬉しい。なにかお礼をさせてくれ」

「意外だな」

「なにが？」

アクアブルーの目を瞬くルークの頬を、一彩は撫でた。

「そんなに喜んでくれりゅと思わなかった。どっちかっていうと、ルークはまだ新婚生活をエンジョイしたいのかと思ってたから」

「そりゃあ、一彩とラブラブするのは楽しいし？　いや――」

ルークはふっと口元を緩める。

「一彩のほうこそ、プレッシャーになってたんじゃないか？　機関のスタッフとかが、顔合わせるたびにまだかまだかうるさくて。だから、動物園にはあまり来ないように言ったんだよ」

たしかに責任は感じていたけれど、進化種がなぜ存在するかを考えたら、種の存続が第一目標だから、期待されるのは当然だ。

しかしルークが一彩に気をつかって、機関側とあまり接触させないようにしていたとは知らなかった。

自分のことしか考えていないようなキャラを装ってはいるけれど、一彩のことを愛して、大事にしてくれていたのだと感じる。

「実はさ、早く子どもが授からないかなって思ってた。今だって一彩のことが世界でいちばんだし、これからもずっとそうだけど、子どもができて家族になったら、もっと絆が強くなる気がするんだ。一生一緒にいて、その証しの子どもが未来に続いて、そのまた子どもも……俺たちがこの世からいなくなっても、ふたりの血を引いた命は続いていくだろ？」

それこそが機関側が目指す種の存続なのだろうけれど、ルークの考え方はなんてすてきなんだろうと、一彩は感激した。

「だから、一彩にはほんとに感謝してる。産めるってわかってても、ずっと男として生きてきたからには、やっぱり抵抗があると思うんだ。それを乗り越えて妊娠を歓迎してくれてることにも、ありがたいと思ってる」

「ちょ、ルーク……あんまり感動させないで。俺はきみを好きになって、それでふたりの間で子どもを作るのが可能だから、それならぜひ欲しているると思っただけだよ。覚悟とかは……これから決める。ルークやグレンたちに助けてもらって」

「もちろん、全力で手伝う」

一彩を抱きしめたルークは、なんの変化もない下腹に手を当てた。

「で、なにが欲しい?」

「いらないよ、なにも。子どもを授かったのが特大のプレゼントだです。ルークのほうこそ、なにか欲しいものはないの？　記念品くらいなら買ってあげられるよ」

「これ以上なにを望むって言うんだ？　あ、強いて言うなら、ベビーの兄弟が欲しい」

「気が早いって」

ひとしきり笑い合いながら、キスを交わす。

「アダムがいなくなって、ふたりに戻ったかと思ってたけど、また増えたね」

リビングを見回すと、まだアダムのためのグッズが残っている。寂しさはあるが、飼い主と再会したときのアダムの喜びようを思い出すと、返せてよかったと思う。

「危ないとこだった。このまま妊娠を知らなかったら、犬を飼うとこだった」

ルークの発言に、一彩は驚いて目を瞠った。

「マジで？　それはペット的な？」

「当たり前だろ。アダムみたいな奴はそうそういない。ならペットにするしかないじゃないか」

「パンダなのに犬を飼っちゃうんだですか？」

一彩が揶揄うと、ルークはふんと顎を反らす。

「知らないのか、一彩。アメリカでいちばん有名なネズミは、犬をペットにしてる」

ペットを飼うのも将来的にはアリだろう。その犬が、思いがけずアダムのように信頼のおける
ボディガードに育ってくれるかもしれない。

しかし――。

「まずは家族を作りゅのが先だね」

こんにちは、浅見茉莉《あさみまり》です。

あにだん第6弾となりました。これもひとえに応援してくださる皆さまのおかげです。


さて、今回はシャチです。ついに来たか。

動物のビジュアルとしては、ネコ科大型獣が最強なのですが（私見）、ひととおり出尽くした感があり——いや、それ以外にも素直にカッコいい、きれい、可愛い、という動物はたくさんいます。サシバとかラッコとかオオカミとかね、出てきましたよね。

でも、海洋生物はなかなかハードルが高かった。まず、萌えてくれるだろうかという懸念。ネコ科には明らかに負けますよね。

そして、本来の姿が海で泳いでいる生き物と人間を、どうやって接近させていくか。人型で現れても、本来の個体とは完全に別物感がしてしまうのではないか、とか。

そこで頼りになる担当さんは、獣型と人型の間にワンクッション入れるという案を出してくれました。しかもマーメイドですよ。ついでに、人魚

あとがき

は ロン毛じゃないと！（力説）というご意見に従いまして、超絶美形の夢のような男マーメイドが出来上がりました。

これでビジュアル面はクリアできたということで、思い切ってシャチにしました。イルカくらいが安全で人気も高いかと思いましたが、ここはもう潔く、話にならないくらいビッグな彼をチョイスです。

舞台は海に生きる彼に合わせて、ハワイにしました。すぐに会いに行ける距離に人間を住まわせるのも可能そうなイメージなので。でも人が少なくて干渉されなさそうなラナイ島です。

ちなみにラナイ島はマジで大自然が残っているらしいので、ショッピングモールや観覧車はフィクションです。

後半は、第5弾で登場したUSAパンダのカップルのその後の話です。出来上がったカップルに波風を立てるのは、迷子のドーベルマン。

話は思いついてサクサクできたのですが、前回で一彩《かずさ》が英語下手という設定を作ってしまったので、その名残を残すべくセリフを入れていくのが、意外に手間取りました。最終的に翻訳ソフトで、日↓英↓日とやってみたり。もはやなにが言いたいのかわからない文章が出てきて、あまり活用できませんでしたが。

どちらのカップルも家族が増えるようで、喜ばしい限りです。あっ、ついまたお気に入りの来栖《くるす》未来《みらい》氏を出してしまいました。

みずかねりょう先生には、今回もイケメン進化種と美人受を描いていただきました。今回のカバーはどうなっているんでしょうね？　きっとすてきに違いないと確信しつつ楽しみにしています。

担当さんを始めとして制作に携わってくださった方々にもお礼申し上げます。

読んでくださった皆さんも、ありがとうございました！　楽しくハッピーな気持ちになっていただけたら嬉しいです。

それではまた、次の作品でお会いできますように。

CROSS NOVELS既刊好評発売中

もふエロ♥

あにだん アニマル系男子

浅見茉莉　Illust みずかねりょう

そこは不思議な動物園。絶滅危惧種の彼らはダーウィンも知らない進化を遂げていた──。

『彼パン』どんなに可愛いポーズでアピールしても、無表情なツンツン飼育員・砂場を跪かせるため、パンダの蓮蓮が取った行動は──!?

『ダーリンはDr.ドS』カラカルのファリスはお年頃にもかかわらず発情期がまだ来ない。獣医の垣山に精通させてとおねだりするが……。

『ユキヒョウ△（さんかっけー）』ペアリングのため婿入りしてきたドイツ生まれの雪豹・ラフィー。けれど待っていたのは双子のオス、朝陽と夕陽で!?

CROSS NOVELSをお買い上げいただき
ありがとうございます。
この本を読んだご意見・ご感想をお寄せください。
〒110-8625
東京都台東区東上野2-8-7　笠倉出版社
CROSS NOVELS 編集部
「浅見茉莉先生」係／「みずかねりょう先生」係

CROSS NOVELS

あにだん アロハ・ヌイ・ロア

著者
浅見茉莉

2020年11月23日　初版発行　検印廃止

発行者　笠倉伸夫
発行所　株式会社　笠倉出版社
〒110-8625　東京都台東区東上野2-8-7　笠倉ビル
[営業]TEL　0120-984-164
FAX　03-4355-1109
[編集]TEL　03-4355-1103
FAX　03-5846-3493
http://www.kasakura.co.jp/
振替口座　00130-9-75686
印刷　株式会社　光邦
装丁　磯部亜希
ISBN　978-4-7730-6058-4
Printed in Japan